講談社文庫

亡命者

ザ・ジョーカー

新装版

大沢在昌

講談社

目次

亡命者　ザ・ジョーカー

ジョーカーの鉄則

1

激しくはないが、背骨の芯《しん》まで冷たくなるような雨の降る二月の晩だった。昼過ぎから降りだし、いつ雪にかわってもおかしくはないという予報に、六本木《ろっぽんぎ》からは人けが消えていた。

「笑っちゃいますよね。たった五センチの雪でお手あげの首都なんて、世界中でも東京くらいのものじゃないですか」

カウンターの内側でグラスを磨く沢井《さわい》がいった。バーに、私以外の客はいない。

「もし三十センチも積もった日には、きっと大地震なみの被害がでますよ。そんなことが一回くらいあってもおもしろいのじゃないかと思っちまうんですけど、不謹慎すかね」

北国生まれの沢井は、雪が降ると、東京と東京人に対して優越感を感じるらしい。

特に雪道で転ぶ人間を馬鹿にしている。

「そう思っている人間は、お前さんだけじゃないさ。この街がぶっ潰《つぶ》れるところを見たいと願っている、この街の人間もけっこう多いだろう」

薄い水割りをすすりながら私は答えた。

「それって〝愛憎相半ばする〟感情って奴ですか」

「別に東京に限らないだろうが、嫌いなくせに、でていったら暮らしていけないような人間が、この街にはたくさんいる。お前さんや俺もそうだ」

沢井はわざとらしくため息を吐いた。

「早く引退したいっすよね」

そのときドアが開き、白髪で長身の白人が入ってきた。沢井のため息が笑顔にかわった。その白人が私を見つめ、数秒後に、

「ジョーカー？」

と訊《たず》ねたからだった。依頼人ならば、沢井の懐《ふとこ》ろにも、着手金の半分が入る。それだけ引退に近づくというわけだ。

私は無言で頷《うなず》き、白人を見つめた。六十代のどこかだろう。アメリカ人ではない。贅肉《ぜいにく》が少なく、背すじがのびている。そしてどこか見覚えがあった。

「――ジェファーソン？」

私は訊ねた。男の口もとに小さな笑みが浮かび、クイーンズイングリッシュで答えた。

「懐しい名だ。しばらくぶりに聞いた」

そして私の隣に腰をおろした。沢井を見ていう。日本語だった。

「スカッチウイスキーを下さい。氷も水もなしで」

沢井は仕事にとりかかった。私は英語でつぶやいた。

「二十年、いやもっとたったな」

男は頷き、灰色のカシミヤのコートの内側から葉巻をとりだした。コートは年代物で、すりきれた袖口《そでぐち》にかがった跡があった。

「日本は寒いな。引退してからこっち、ずっと暖かいところにいたんでこたえる」

「いつ引退した？」

「もちろん九一年だ。クリュチコフにはもう、私の身を守ることなどできなかった。あれ以来、ロシアには帰っていない。彼らはそれなりの報酬を払ってくれた。つましい暮らしなら、人生の残りを楽しむこともできる。だが約束は約束だ。君に一杯奢《おご》るために、東京にきた」

「律儀だな」

私は笑った。

「君も律儀だった。かわったかね、君は？」

男は沢井のさしだしたグラスを手にし、訊ねた。

「それほどかわってない。引退を考える機会が多くなった」

「この人に同じものを」

男はまた日本語で沢井にいった。そしてなにげなく英語で私に訊ねた。

「彼は英語を理解できるのかね」

「それなりに」

私は頷いた。土地柄、ということもある。

「そうか」

男はいって、英語で沢井に告げた。

「あなたも一杯どうぞ。我々はこれから思い出に乾杯する」

「思い出？」

沢井が私と男の顔を見比べた。

「そう、金髪《ブロンド》のパメラに。世界は予言のまま、進んでいる」

男はいい、私の記憶がよみがえった。

ブロンドのパメラ。それは、私の初仕事だった。「ジョーカー」の名を襲名し、最初にうけたのが、「ブロンドのパメラ」を捜しだしてほしい、という依頼だったのだ。

2

そのバーをやっていたのは、林《リン》という日中混血の男だった。無口で、客から話しかけられても、「はい」と「いいえ」、それに「さようでございます」という以外は、ほとんど言葉を口にしなかった。店は、当時は材木町《ざいもくちょう》という名の方が通りのいい、六本木の西麻布《にしあざぶ》寄りにあった。

一九八二年二月の寒い日だった。数日前に、東京ではたてつづけに大きな事件が起きていた。まず赤坂《あかさか》にあった「一流ホテル」で火災が発生し、三十人以上が焼死した。その翌日、羽田《はねだ》に着陸寸前の旅客機が墜落し、二十人以上が死亡した。

六本木の上空を、ヘリコプターがひっきりなしに飛びかっていた。ホテルの火災現場を空撮するのが目的だった。

バーが開店するのは午後六時で、先代から仕事をひきついだばかりの私は、六時十五分には、カウンターの端にかけていた。その日最初の水割りを林に注文し、それがでてくるより早く、長身の白人が姿を現わした。

扉を押し開き入ってきた白人は、店内を見回すと、林に訊ねた。

「ジョーカーというお客さんはきますか」

たどたどしい日本語だった。林は無言で私を見た。

「私だ」

私は英語で答えた。白人は、不審の念を顔に浮かべた。

「私の知っているジョーカーは、もっと高齢だ」

「彼は引退した」

「引退？」

「そうだ。私がジョーカーの名前とこの席をうけついだ」

白人はまじまじと私を見つめた。灰色の髪と青い目が印象的だった。痩《や》せて、ひどく背が高い。ピンストライプのスーツにトレンチコートを着けていた。何となくだが、イギリス人だろうと私は見当をつけていた。高学歴のイギリス人にありがちな、やや鼻にかかったアクセントの英語を喋《しゃべ》っている。

「ジョーカーのアシスタントを三年近くやった。彼の仕事のしかたは学んだつもりだ」

　私はいった。最初の客を逃したくなかった。

「わかった」

　白人は決断し、コートを脱がずに私の隣に腰をおろした。

「私の名前はジェファーソン。別れた妻を捜している」

　写真をジャケットの内側からとりだした。金髪を長くのばした美人だった。三十歳くらいで、ジェファーソンよりは十以上、年下に見える。

「着手金を」

　写真はうけとらず、私はいった。ジェファーソンは抗議するように何かをいいかけたが、結局、無言で封筒をコートのポケットからとりだした。薄い皮の手袋をはめている。

　私はカウンターにおかれた封筒には手を触れず、林に合図をした。林が封筒を手にとると、ジェファーソンははっとしたようにそちらを見た。

「数えてもらう。トラブルを避けるためだ」

　私はいい、ジェファーソンは頷いた。緊張し、不安も感じているように見えた。

「ございます」

林がいって、封筒をカウンターの下にある手もち金庫におさめた。

「見せてもらおう」

私はジェファーソンの人差し指がカウンターに押しつけた写真を抜きとった。

「パメラだ。下の名は今、何と名乗っているかは知らない。二月七日の晩、あのホテルにいた」

ジェファーソンはいった。私はジェファーソンを見た。

「まだ死者の身許がすべては判明していないと聞いている」

ジェファーソンは首をふった。

「彼女は死んでいない。だが別の理由で身の危険を感じている。日本人の友人にかくまってもらう、という電話が私にあった」

「なぜ危険を感じるんだ？」

ジェファーソンは一瞬沈黙した。

「あの晩、ホテルでいっしょにいた男から、重大な話を打ち明けられた。その男は火災に巻きこまれて死んだ。そして男の話を誰にも洩《も》らしてほしくない連中がいる」

「ホテルで死んだ男というのは何者だ」

「国籍はイギリスだが、ペルシア人だ。イランに長くいて、イラクとの貿易をおこなってきた」

亡命した国王パーレビにかわり、ホメイニが実権を握ったイランに対し、二年前の九月、イラクは攻撃を開始していた。それに先だつ四月、アメリカ軍は、イランの首都テヘランで占拠されていたアメリカ大使館から人質を救出しようとして失敗、八人の死者をだした。当初、イラク軍兵力の圧倒的優位で短期間のうちにカタがつくと思われていたイラン・イラク戦争は、イラン側の意外な粘りにあい、膠着《こうちゃく》状態に入っていた。

「重大な話というのは？」

ジェファーソンは首をふった。

「それは私にもわからない。だが話した男が死んだ今、パメラしか知らない。パメラはそれを『予言』といった」

「『予言』」

「テヘランでの軍事作戦が失敗したのは、カーターが決断力に欠けていたからだ。それが彼の政治生命を短くした。彼にかわったレーガンは別の方法をとる。『予言』は、おそらくそれにかかわるものだろう」

「政治に興味はない」

私はいった。だがこの男の正体は気になった。

「あんたの別れた奥さんの仕事は何だ？」

ジェファーソンは私の目をのぞきこんだ。彼の目からすれば、私は経験豊富な人間には見えないにちがいない。だからといって仕事にありつけなければ、私の経験は永久に増えない。

何となくだが、彼がそう考えているような気がした。

「イギリス政府の仕事をしている」

「あんたもか」

ジェファーソンはかすかに頷いた。

「赤坂のホテルにいたのは仕事でか、それとも単なるデートか」

この男がただの嫉妬で前の女房を追い回しているという可能性がないではなかった。あるいは、女房ですらない女を。

「仕事だ。パメラは孤立している。政府は彼女を助けることに熱心ではない。なぜなら、死んだペルシア人との接触を、彼女は公けには禁じられていたからだ。そこで私に救いを求めてきた」

「日本人の友人はあてにならないのか」

「彼女はあてになると思っている。しかし私は反対の意見だ。サガワという男だ。サガワコウセイ」

私はジェファーソンを改めて見た。佐川孝成《さがわこうせい》は、赤坂で手広くレストランやナイトクラブを経営する男だった。政治家や商社、暴力団ともつながりが深い。南関東を縄張りにする広域暴力団の組長と兄弟分だという噂もある。

「あんたの元妻は顔が広いようだな」

「仕事柄だ」

ジェファーソンは答えた。

私はもう一度金髪女の写真を見た。日本人が好むには鼻が高すぎる。この女、パメラが、佐川孝成のもつナイトクラブで働くコールガールで、ジェファーソンが熱をあげ、〝足抜け〟させるべく私を雇おうとしている、という可能性もあった。

先代の仕事のやり方は学んでも、客の嘘を見抜く方法を、私はまだ身に着けていなかった。だがこれもまた、経験によってしか、身に着かない。

「彼女を追っているのは誰だ」

「CIA《カンパニー》」

ジェファーソンは表情をかえずにいった。

「するとあんたたちの職場は六部か」

ＭＩ（ミリタリーインテリジェンス）６という機関は、実際はもうイギリスに存在しない。

十九世紀の終わりに英国陸軍が創設したＭＩＤの中の、ＭＩ５（防諜）とＭＩ６（諜報）がひどく有名になり、やがて陸軍から独立してＳＳ（保安部）とＳＩＳ（情報部）となった後は、通称として使われているだけだ。南アフリカで、「五部」、「六部」と、かつての職場を呼ぶ男たちを、私は見ていた。

「私は五部、彼女は六部だ」

ジェファーソンは答えた。

「五部の人間がなぜ日本にいる？」

防諜担当のＭＩ５は、イギリス国内とイギリス連邦が職場の筈《はず》だ。

「大使館の警備のためだ。ＦＢＩだって、アメリカ大使館にいるだろう」

私は頷いた。ジェファーソンは、電話番号を書いた紙を、手袋の内側からとりだした。

「二十四時間、連絡を待っている。パメラを助けてくれ。彼女は、私以外に頼る者がいない」

3

焼けたホテルから二百メートルと離れていない場所に、外国人娼婦がロビーに集まるので知られている別のホテルがあった。午後十時を過ぎると、私はそこにでかけていった。

女たちの数は少なかった。火災のせいでマスコミ関係者が〝基地〟がわりにロビーを占拠しているのと、さすがに警察が神経を尖《とが》らせているせいだった。その晩、商売にでてこられるのは、大きなバックをもっている女たちに限られていた。

私はフランス人とアメリカ人、そしてイスラエル人の三人の娼婦にパメラの写真を見せた。三人の女はいずれも知らない顔だといった。三人とも、髪を金髪に染めている。世界中どこでも、白人の娼婦は、まず髪を金髪に染めることから仕事が始まる。

訊《き》きこみのあと、ロビーの隅にあるカフェテリアで私は時間を潰した。ジェファーソンの話が半分でも真実なら、私のことは佐川の飼い犬に即座に伝わる。

二十分後、似合わない三つ揃いのスーツを着けた男が二人、カフェテリアに入ってきた。彼らとフランス人の娼婦が、カフェテリアの外で立ち話する姿を、私は見ていた。

彼らにしばらく観察させてやり、私は立ちあがった。ロビーの隅にある公衆電話に歩みよると、自分のアパートに電話をし、留守番電話に向かって会話するふりをした。それから地下駐車場に降りていった。

止めてあった自分の車に歩みよったとき、声をかけられた。

「おい、ちょっと顔を貸してくれや」

パンチパーマをかけた三つ揃いその一がいった。その二は額に剃りこみをいれ、頭をリーゼントにしている。

私はふりかえり、二人を見つめた。ナイフ以上の凶器をもっているようには見えなかった。

「何かいろいろ嗅《か》ぎ回っているらしいが、どこの者だ、お前」

小柄なリーゼントが、下から睨《ね》め上げてすごんだ。私は駐車場を見回した。

「誰もこねえよ、ここはうちのショバなんだ」

リーゼントがせせら笑った。その目に折り曲げた人差し指と中指の関節を突きこんだ。ぎゃっという声をたてうずくまる。失明はしないだろうが、しばらく身動きがとれない。

「おおっ」

パンチパーマが声をあげた。私はすばやく歩みよると、上着のポケットからひき抜いたブラックジャックをその側頭部に叩きつけた。パンチパーマは駐車場の床にひざまずいた。

「城南連合のお兄さんたちとお見うけしたがどうだ?」

私はパンチパーマの襟《えり》をつかみ、耳もとでいった。リーゼントは呻《うめ》き声をたて、床を這《は》い回っている。

「手前《てめえ》、何て真似しやがる、いきなり――」

パンチパーマの耳が潰れ、血が流れていた。私はその胸からポケットチーフを抜きとって、耳にあてがってやった。

「どうせ俺を同じ目に遭わす気だったのだろう。パメラはどこにいる?」

「ふざけんな、こんなことしやがって。卑怯だぞ」

ブラックジャックで軽く頰を殴った。奥歯の砕ける感触が伝わった。

「二度は訊かない。脳味噌が崩れるまで殴るだけだ」

「何者だ、手前――」

前歯を折った。

「パメラはどこだ」

「スカイハイツだ。『ホワイトホール』の美津子《みつこ》って女の部屋にいる、専務が美津子に面倒を見とけっていって……」

血と歯を吐きだし、パンチパーマはいった。

「覚えとけよ、この野郎」

後頭部を殴りつけると静かになった。

車に乗りこんだ。「ホワイトホール」は、佐川が経営する、外国人向けのナイトクラブだった。生バンドが入っていて、ダンスと、ときには夜のつきあいもするホステスをおいている。

スカイハイツは、赤坂四丁目にできたばかりの高級マンションで、芸能人やテレビ局幹部などが住むことで知られていた。ホステスの身でそこに住んでいられるのは、家賃を別の人間が払っているという証明だ。

スカイハイツの前まで車を走らせた。エンジンをかけたままの車が玄関の前に止まっているのが見えた。パンチパーマが連絡したにしては早すぎた。いったん通り過ぎ、車を止めて、バックミラーでようすをうかがった。

玄関の前に止まっているのはアメ車で、運転手は外へ降りることなく、ハンドルに手をかけ、いつでも発進できる用意をしている。

嫌な予感がした。ダッシュボードを開け、四十五口径のオートマチックをとりだした。先代は、オートマチックは不発があるし、威力も強すぎるので、三十八口径のリボルバーにかえろとよくいっていた。だがまだ私は、戦場で使い慣れた四十五口径から浮気する勇気がなかった。

ベルトの背中側にオートマチックをさしこみ、車を降りた。スカイハイツの玄関に歩みよっていった。

アメ車の運転手がなにげなくこちらを見た。見覚えのある男だった。ハワイ出身の日系人で、パートタイムでＣＩＡの下働きをしている男だ。私は眼鏡《めがね》をかけ、つけヒゲで変装していた。

ゆっくりと車の前を歩きすぎ、十五メートルほど先の角を折れた。そして待った。

数分後、四つの人影がスカイハイツの玄関を抜けでた。先頭を大柄の白人が歩き、うしろに二人の男に両わきを支えられた女の姿がある。金色の髪が光った。

彼らが車に乗りこもうとしたとき、三台の車が道を走ってきて、アメ車の前を塞《ふさ》ぐようにして急停止した。十人近いやくざが降り立つと、彼らを囲んだ。半数以上が、日本刀や匕首《あいくち》を手にしていた。

「何してんだよ、お前ら！」

やくざのひとりが叫んだ。

「誰に断わって、うちの客人連れてこうとしてんだ」

パメラは薬を射《う》たれているように見えた。ぐったりとしていて、声をださない。

「そこをどけ！　お前らには関係ない」

パメラを支えていた日本人がいった。

「ふざけんなこの野郎！　ホテルの駐車場でうちの舎弟痛めつけたのは、手前らだろうがっ」

白人がくるりとふり返って、日本人の仲間を見た。

「何のことだ。我々は、佐川社長と話がついている」

日本人が喋っているあいだに、白人が落ちつきはらったようすで拳銃をとりだした。やくざたちに背中を向けたまま、コートのポケットにあった長い消音器を銃口にねじこんでいる。

「とぼけたことほざいてんじゃねえぞ。女をおいてかねえと、お前ら皆殺しだ」

白人がゆっくりふり向き、銃口を先頭のやくざに向けた。それに合わせ、アメ車の運転手が車を降り立つと、天井にのせた両手で拳銃をかまえた。

「な、何だよ」

「私たちの邪魔する。あなた死にます」

白人がいった。メタルフレームの眼鏡をかけている。やくざたちが後退した。

「やかましい。こんだけの人数でかかったら、いくらハジキがあったって、手前らの負けだ」

白人は思案するように、日本人の仲間をふりかえった。

「佐川氏ともう一度話し合う必要があるようだな」

日本人の男はいって、パメラを支えていた腕を離した。パメラは膝《ひざ》を折り、ぐったりとマンションの階段にすわりこんだ。

「佐川とは関係ねえな。うちはうちだ。城南連合なめてんのか、手前」

「いいだろう。ここは引きあげる」

「何者だ、お前」

「東邦交易の黒田《くろだ》だ」

男は冷静な口調でいった。東邦交易は、名の通った商社だ。イラクの攻撃をうけ、開発がストップした、イラン石油化学コンビナートに、巨額の出資をしていた。

「東邦交易ぃ？」

やくざがあきれたようにいった。

「お宅ともそれなりのつきあいがある筈だ。我々に手をだしたら、お宅の親分にも迷惑がかかる」

商社マンにしてはたいした度胸だった。その度胸に気押《けお》されたように、やくざはいった。

「いいだろう。女をおいていくのなら、ここは見逃してやる」

パメラをそこに残し、四人はアメ車に乗りこんだ。先頭のやくざが手をふると、進路を塞いでいた車が移動した。アメ車はゆっくり走りだした。

それを見送ったやくざたちはパメラを抱え起こした。

「どうします？　ヤクを射たれてるみたいだ」

「ここはヤバい。とりあえず、乃木坂《のぎざか》の事務所に連れていけ」

先頭のやくざが命じ、パメラは車に運びこまれた。

やくざたちが走り去って三十分ほどすると、毛皮のロングコートを着た女がスカイハイツから現われた。手に大きな紙袋をさげている。タクシーを捜すように、あたりを見回した。

私は車の中で眼鏡とつけヒゲを外していた。車を降り、女に歩みよった。

二十代の半ばで、濃い化粧を施している。

「美津子さん、ですね」

女は驚いたように私をふりかえった。

「誰？　何なの」

近くで見ると、かなりの美人だった。ロングコートの下に、ジーンズとハイネックのセーターを着けている。

「パメラの御主人に頼まれて、彼女を捜している者です」

「知らないわ、何のこと。いっとくけど、あたしの亭主は、恐い筋の人間なのよ」

「専務でしょう。知ってますよ。だから今日は、あなたも仕事にでず、家にいた」

女の顔がこわばった。

「パメラはもういないわ。アメリカ人が連れてった」

私は首をふった。

「いき違いがあったようだ。城南連合が彼らを止め、彼女は城南連合の事務所に連れていかれた」

女は目をみひらいた。

「そうなの!?」

私は頷いた。

「アメリカ人にパメラを預けろと、専務はいったのですか」

「そうよ。電話があって、話がついたから、今から迎えにくる人に任せろって」

「だがパメラは嫌がった。だから薬を射たれた」

女は激しく首をふった。

「あたしは見ていない！　隣の部屋にいたもの。こんなことにかかわりたくないから」

「あなたが彼女の世話を頼まれたのは、英語を喋れるからだ。彼女のようすはどうでした？」

女は沈黙した。

「彼女はイギリス人だ。アメリカ人じゃない。だからアメリカ人が連れにくるのはおかしい、そう思いませんでしたか」

「そんなことといわれたって、あたしにはどうしようもないわよ。パメラがすごく恐がっていたのは本当だけど」

「今からどこへ？」

「お店よ。大事なお客さんがきたから、今からでもでてこいって、電話があったの」

私は頷いた。

「それはお手間をとらせました」

踵《きびす》を返そうとすると、女がいった。

「待って。あんた名前、何ていうの？　専務に話すから」

私は足を止め、彼女に告げた。

「ジョーカー」

「ジョーカー？　何それ。馬鹿にしてるの」

私は首をふった。

「そうじゃない。それが私の名前であり、仕事なんだ」

女はあきれたように目を回してみせた。その仕草が似合う、バタ臭い顔立ちをしている。もっともその大半は、美容整形手術によるものだったが。

4

どうやらジェファーソンの話にはかなりの真実が含まれているように思えた。私は車に乗りこむと、「ホワイトホール」に走らせた。

「ホワイトホール」には駐車場があり、専属のポーターが何人かいた。彼らは初め、私の車を見ても、客とは思わなかったようだ。クラクションを鳴らして初めて、走りよってきた。同じ駐車場に、スカイハイツの前で待っていたアメ車も止まっている。

「ホワイトホール」は、一階と地下一階の二層構造の店だった。一階の床部分が一部吹き抜けになっていて、地下のダンスフロアを見おろしながら酒を飲む仕組だ。

「いらっしゃいませ」

出迎えたクローク係にコートを預けながら、私は訊ねた。

「東邦交易の黒田さんはきているかい」

ディスコナンバーの生演奏が、大理石をはった床を震動させている。

「先ほどおみえになりました」

黒服のクローク係は、店の奥を示した。コの字形に配列されたテーブルのひとつに、黒田と眼鏡のアメリカ人がすわっていた。ホステスはついていない。かわりにタキシード姿のでっぷりと太った男がかたわらに立ち、深刻な表情を浮かべている。

「ご案内いたします」

「いや、大事な話をしているようだから、邪魔しないでおく。別の席にしてくれ」

私はいって、彼らから少し離れた席に腰をおろした。水割りを注文し、彼らを眺めているると、ドレスを着けたホステスがひとりやってきた。

私は当たり障りのない会話を交し、ユウキというそのホステスに頼んだ。

「あとで専務を呼んでくれないか」

「専務ですか」

ユウキの目が場内を探し、太った男で止まった。

「あとで、でいい」

「はい。踊らない？」

ユウキは若く、まだ二十そこそこに見えた。目を階下のダンスフロアにひっきりなしに向けている。客と過す退屈な時間を、酒ではなく、踊りでまぎらわせている、といった印象だ。

店内は接待族と覚しいスーツ姿の男たちが多かった。彼らのふた組にひと組が、外国人を連れている。白人、あるいはアラブ人が多い。

「商社の人が多いのだろう、ここは」

ユウキに水を向けてみた。

「大手は皆、いらっしゃいます。外国のお客さんを接待するときは、ここか吉原《よしわら》というのが決まりみたい」

「じゃあ君も英語を喋れるのか」

「英語は少しだけ。フランス語の方が得意なんです。絵をやってて、パリに留学するのが夢なんで。いったことあります？」

私は頷いた。

「十代の頃、少しいた」

「じゃ、フランス語も？」

「少しだけ」

太った男が黒田の席を離れた。それに気づいたユウキがウェイターを呼び止め、伝言を伝えた。そのときドレス姿の美津子が現われ、彼らの席に歩みよった。ユウキの伝言をうけたウェイターが太った男に話しかけると、その席にいた全員がこちらを見た。美津子が私に気づいた。

まずいタイミングだった。客の話のウラをとるのは重要だが、いきなり核心に踏みこむのは愚か者のすることだ、と先代はよくいっていた。どうやら私はそれをしてしまったようだ。

美津子が話し、やがて全員が注目する中、太った男が私の席に歩みよってきた。男はユウキに席を外すよう命じ、私の向かいに腰をおろした。

「お待たせしました。専務の葉山《はやま》です。どんなご用でしょう」

まん丸い顔に愛想笑いが染みついているが、目だけには笑みのかけらもなかった。

「城南連合との話し合いはついたのかな」

「何のことです？」

「パメラは助けを求める相手をまちがえたらしい」

私はいって、葉山の顔を見つめた。

「失礼ですが、どちら様で」

「パメラの元夫に頼まれた者だ」

「名前だよ、名前を訊いているんだ」

私の肩に手がおかれ、耳許で声がいった。私はふりかえった。黒田と眼鏡のアメリカ人が背後に立っていた。

近くで見る黒田は精悍《せいかん》な顔つきをした四十代の男で、スーツは着ていても、サラリーマンには見えなかった。ひどく陽に焼けていて、身のこなしに力が溢《あふ》れている。

「ジョーカー」

私は答えた。

「とぼけたこといってんじゃねえぞ」

葉山が押し殺した声でいった。

「待てよ。聞いたことがある。だがこんな若造じゃなくて、もっと爺《じい》さんだった筈だ」

黒田がいった。

「それは先代だ。私があとを継いだ」

黒田は首をふった。

「短い二代目になりそうだな。悪いことはいわん、手をひけ。お前のような駆けだしのチンピラが扱うような件じゃない」

黒田には妙な魅力があった。サラリーマンではあるが、組織とはどこかかけ離れたところで仕事をしている、そんな雰囲気があるのだ。

「ＳＩＳじゃないのか」

アメリカ人が英語でいった。

「ちがう」

アメリカ人は首をふった。

「ジェファーソンと組むのは、沈みかかった船に乗るようなものだ。奴はじき逮捕されるぞ」

私はアメリカ人を見た。薄笑いを浮かべている。

「知らないのだな」

黒田が囁《ささや》きかけ、私の隣に腰をおろした。

「ジェファーソンは、モグラだ。フィルビー以来の伝統だな。イギリス政府はソビエトのスパイに給料を払うのが好きなんだ」

六〇年代、SIS（MI6）の重要なメンバーだったキム・フィルビーら三人がKGBに情報を流していたことが明らかになった。三人はソビエトに亡命したが、他にもスパイがいるのではないかという疑いがMI5、MI6双方に残った。それが正しかったことが数年前、今度はイギリスに亡命したKGBのメンバーによって証明された。以来、CIAとSISの関係は冷えきっている。

「商社マンにしては詳しいな」

私はいった。ジェファーソンがソ連のモグラだとすれば、私はKGBのお先棒を担いだことになる。

黒田はよく磨きこんだ爪先を見つめた。テーブルにおかれたキャンドルランプの光を反射している。

「俺たちの仕事は世界中を飛び回ることでね。残念ながら我が日本には頼れる情報機関がないんで、カンパニーと組むしかないんだな」

静かな口調でいった。

「俺の目的はビジネス、カンパニーは情報《インテリジエンス》だ。利益がぶつからない限り、俺たちはうまくやっていける」

私は自分の迂闊《うかつ》さを呪《のろ》っていた。KGBのお先棒を担いだということになれば、今後商売がやりにくくなるのはまちがいない。CIAともKGBとも、あらゆる情報機関と距離をおくのが、「ジョーカーの鉄則」だった。それを先代はことあるごとにくり返していた。

「先代に注意されていたよ。CIA、KGB、両方と敵対するなら、まだ生きのびられる。だが、どちらかと組めば、いずれは消されることになる、と」

黒田は深々と頷いた。

「そういうことだ」

「あんたも同じだな」

私はいった。

「おいおい、俺はカタギの商社マンだ。お前とはちがう」

アメリカ人の手が上着の内側に移動していた。私は四十五口径を抜くと、なにげなくテーブルの上にのせた。全員の動きが止まった。

「よせ！　こんなところでそんなものをだすなっ」

葉山が鋭い声でいった。

「だったらこのアメリカ人を遠ざけろ。赤坂は今、新聞記者だらけだ。撃ち合いがあったなんて知れたら、殺到してくるぞ」

黒田は険しい表情になって、私を見つめた。

「本気でそんなものを使うつもりか」

「利用されて殺されるのはご免だ」

黒田は小さく首をふった。そしてアメリカ人に顎《あご》をしゃくり、

「下がってろ」

と英語で命じた。アメリカ人は無言で退いた。

「これでいいか」

私は銃を上着の内側にしまい、立ちあがった。葉山の肩をつかむ。

「店の外までついてきてもらおうか」

「頼む。手をださせないで下さいよ、黒田さん」

葉山は懇願するようにいった。黒田は小さく頷いた。

「わかってる。こいつのツラは覚えた。二度と邪魔はさせない」

私は黒田を見おろした。

「先代の教えにはつづきがある。どちらかと組んだ奴を消すのは、たいていの場合、組んだ方の組織だそうだ」

黒田の目がみひらかれた。

「あんたも覚えておくといい」

私は葉山をかたわらに連れ、「ホワイトホール」を出ていった。

5

一夜が明け、私は教えられていた電話番号でジェファーソンを呼びだした。待ち合わせ場所にイギリス大使館に近い、千鳥《ちどり》ケ淵《ふち》のホテルを指定すると、

「そこはまずい。別の場所で」

とジェファーソンは答えた。そのホテルはＳＩＳの連中がよく使うことで知られていた。私は九段下《くだんした》にある別のホテルの名を挙げ、偽名で部屋をとっておく、といった。

午後一時、ジェファーソンは部屋にやってきた。

「パメラは見つかったのか」

「見つけたが邪魔が入った。クロダという男を知っているか」

ジェファーソンは首を傾《かし》げた。

「知らない」

「商社マンだ。東邦交易の社員と自称している」

ジェファーソンは小さく頷いた。

「日本の商社は、政府機関以上の情報網をもっている。国のためではなく、会社の利益のために、あれほどの努力と危険をおかすのは、日本人の商社マンくらいのものだろう。彼らは、会社の利益のためなら何でもする。他国の政治家を買収し、武器の闇マーケットとコネを作り、ときにはクーデターすら演出する。彼らがなぜあそこまでするのか、私には理解できない」

「クロダはＣＩＡの殺し屋を連れている。パメラを消すのが目的だと思う。昨夜、サガワの経営するクラブのホステスの部屋にかくまわれていたパメラを連れだそうとした。城南連合との間に誤解があってうまくはいかなかったようだが」

ジェファーソンは私を見つめた。

「誤解？」

「偶然の産物だ。城南連合のメンバーが誰かに痛めつけられ、それをCIAのせいだと思いこんだんだ」

「今はどこにいる？」

「城南連合の事務所だ。城南連合は『オトシマエ』をつけなければ、パメラをCIAに渡さないだろう」

「『オトシマエ』とは？」

「債権のようなものだ。メンバーを痛めつけた人間を引き渡すよう、CIAに要求する」

「なるほど」

「あんたがじき逮捕されるという噂を聞いた。KGBがパメラを欲しがっているのか」

ジェファーソンの表情が厳しくなった。

「誰が君にそんな話を？」

「クロダだ。奴はCIAの殺し屋を顎で使える立場にいる。つまり東邦交易の利益は、アメリカの国益と一致するというわけだ」

「ホメイニの排除だろう。日本の商社はイランの石油資源に多額の出資をしているし、アメリカは中東からイスラム原理主義を一掃したい。そのためにフセインを後押ししているのだからな」

「KGBはそれがおもしろくないわけか」

ジェファーソンは首をふった。

「イスラム原理主義には、クレムリンも手を焼いている。アフガニスタンを見ればわかることだ。アメリカは、アフガニスタンの反ソ勢力に、イギリスとともに資金援助をおこなっている。奇妙だとは思わないか。ホメイニは嫌うが、ムジャヒディンの尻押しはするのだから。私が裏切り者と思われている理由は、彼らのイスラムに対する考え方に同調しないからだ」

「イスラム教徒なのか」

「ちがう。イスラムは複雑だ。複雑で厳しい。英米の人間は、宗教を単純化して考えがちだが、それがまちがっていることを私はパメラから教わった。彼女はイスラムの専門家なのだ。その結果、現在のイギリス政府の対イスラム政策に疑問を抱くようになった。ソビエトも、チェチェンというイスラム国家を身内に抱えており、その対応策に関して、私のアドバイスを欲しがっている。アドバイザーとして、私は転職を考えているのだ」

「情報機関じゃ、それを裏切りと呼ぶのじゃないのか」

ジェファーソンは肩をすくめた。

「私は同性愛でもないし、職場における待遇に不満があるわけでもない。自分の知識と経験をもっと生かせる場を求めているだけだ」

「その言葉が真実なら、あんたは理想主義者ということになる。理想主義者のスパイは、たいていの場合、戦争を起こしたがるものだ」

「スパイではない。治安問題の専門家だ。私は五部の人間だ」

「元五部だろう。パメラが昔の奥さんだという言葉はどうやら事実のようだが、なぜそこまで彼女を助けることにこだわる？」

ジェファーソンは窓の方角に目を向けた。

「彼女が孤立しているからだ」

「パメラもソビエトに寝返ろうとしているのか」

ジェファーソンは即座に首をふった。

「いや、彼女は私とはちがう。もちろん彼女の知識をクレムリンも欲しがるだろうが、女王陛下を愛している点で、私とは大きく異なる。私には、残念ながら祖国を愛する気持はあまりないのだ」

「つまりあんたの元奥さんは祖国を愛しているが、ＳＩＳの中では孤立している。一方あんたは、ＳＳの中で将来を属望《しょくぼう》されているにもかかわらず、祖国を愛せない、そういうことか」

ジェファーソンは苦笑した。

「単純にいえば、そうなる。二月七日のパメラの行動は、ＳＩＳの処分の対象となるものではあったが、私は支持している。それを証明するために、彼女を助けだしたいのだ」

「いざとなればＳＩＳが助けにでてくるということはないのか」

「彼女は現在休暇中で、もしＳＩＳに救助を求めれば、これまでのキャリアをすべて失うことになるだろう」

私は息を吐いた。

「あんたはまだ俺に隠していることがある」

ジェファーソンを見つめた。

「本当の裏切り者はあんたの元奥さんで、あんたは彼女をかばおうとしているのじゃないのか。でなけりゃ、ＣＩＡがパメラの命を狙う理由がわからない」

ジェファーソンは少しの間黙っていたが、口を開いた。

「私の話したことはすべて真実だ。ホテル火災で死んだペルシア人の話は、アメリカの中東戦略に関する予言だった。それをパメラがイギリス政府に伝えれば、英米の関係が今後悪化する可能性がある。CIAは死んだペルシア人を危険視していた。その結果、パメラが何を知ったかをひどく気にしているのだ」

「それはパメラの事情であんたの事情じゃない」

ジェファーソンは手袋をはめた手で額に触れた。

「彼女が日本にきた目的はふたつあった。ひとつは、ペルシア人に会うこと、もうひとつはKGBの人間に私を紹介することだ。イギリス国内でKGBの人間に私が接触するのは不可能だからだ。SSの人間は、互いを厳しい監視下においている。過去のいきさつを考えれば当然のことだが。しかしいっておくが、パメラは私とちがって裏切り者ではない。ただ、紹介するだけだ。もちろんそれでも逮捕される可能性は低くない。だからこそ、秘密に来日したのだ。彼女は、昔の夫である私のために、亡命の道すじをつけようとしてくれたのだ。だからSISに救いを求めることはできない」

「CIAがパメラが日本にいることをSISに知らせたらどうなる」

「知らせない。パメラのもつ情報がイギリス政府に伝わっては困るからだ。一方、私もうイギリスに戻るつもりはない。戻れば、拘束され取調べをうけることになる。私はこのまま、ソビエトに亡命するつもりでいる。ただそのためには、パメラの助けが必要なのだ。これでわかってくれただろうか。私とパメラは、君以外の誰にも、援助を求めることが不可能だということを」

ジェファーソンを信じてもいいような気がした。言葉通りの立場なら、彼らは「ジョーカー」以外の誰にも救いを求めることはできない。殺されるか監獄に入る以外の道はないのだ。

「ひとつだけ納得できない点がある」

しかし私はいった。

「何かね」

「なぜそんなに立派な奥さんと離婚したのだ？」

ジェファーソンは初めて、心から恥じているような表情を浮かべた。祖国に対する愛はないといいきったときより、はるかに恥ずかしげだった。

「私のあやまちだ。男女の間におけるあやまちは、国家間におけるあやまちより、はるかにとり返しのつかないものだ。なぜなら人の一生は、国家の歴史より短かいものなのだから」

6

ひと足先に部屋をでた私は、地下駐車場においてあった車に乗りこんだ。料金所を抜けようと窓ガラスをおろしたとき、制服を着けた係員が銃口を私のこめかみにつきつけた。

「助手席のロックを外せ」

言葉にしたがうと、昨夜黒田といたアメリカ人がするりと乗りこんできた。長い消音器をはめこんだオートマチックを膝にのせている。

「ギンザだ」

アメリカ人は命じた。銀座《ぎんざ》には東邦交易の本社がある。どうやらすぐに殺されることはなさそうだった。ＣＩＡはジェファーソンを泳がせ、かわりに「落とし前」として私を手に入れたというわけだ。

私が連れていかれたのは、東邦交易の本社に近い、雑居ビルの地下にあるステーキハウスだった。小さな店で、奥に細長い造りをしている。他の客はおらず、一番奥のテーブルで白いナフキンを前にかけた黒田がステーキを食べていた。

私は黒田の前に立たされ、少し離れた場所でアメリカ人が私から奪った四十五口径を向けた。

黒田が食べているのは、三百グラムは優にありそうなサーロインステーキだった。半分ほど空いたワインのボトルをかたわらにおき、肉を流しこんでいる。

「なぜ連れてこられたかはわかるな」

黒田はいった。

「別にきのうの無礼のお返しをしようというのじゃない」

「商社マンが『エコノミック・アニマル』と呼ばれる理由が少しわかったような気がする。それだけ食えば、獣のように動き回れるだろうな」

黒田はナイフを止め、私を見上げた。

「俺は昭和ヒトケタ生まれだ。ガキの頃、この国は死ぬほど貧乏だった。教師は、きのうと今日で、いうことがまるでかわった。国なんてものはヘナチョコで、何の頼りにもならないのを、十二かそこいらで叩きこまれたんだ。だが日本人てのは哀しい民族だ。何かに滅私奉公せずにいられないんだな。それがお国じゃなく、会社になったとして、そのことがこの国を金持にするのなら結構な話じゃないか。貧乏くさい国の、ドブネズミみたいなサラリーマンが、ちょこまかちょこまか働いて、ここまで押しあげてきたんだよ。文句があるなら、表にでていって、日本人全部にいえや」

「そのサラリーマンが、こんなことにまで手をだしてかまわないのか」

黒田は肉のかたまりを口に押しこみ、ゆっくりと噛《か》んでいた。やがてそれを呑《の》みこむといった。

「お前はまだ若いから、教えておいてやる。経済学者が何といおうが、この世界の富の総量は一定なんだ。誰かが豊かになるってことは、誰かが貧しくなるってことなんだ。俺の仕事は、せっせと日本に富を運びこむことだ。その結果、誰かが貧しくなるなら、そいつは、別のところから富をもってくる他ない。俺たち商社マンは、軍隊の保護もうけず、ピストル一挺《いっちょう》もたないで、ゲリラや山賊どもがうようよいるような、未開の国にでかけていって、背広一枚、ネクタイ一本で商売をするのさ。誰と組もうが、そのときの風向きしだいだ。いっとくが、アメリカだからって俺たちは特別扱いしているわけじゃない。あと十年もしてみろ。日本はアメリカより金持になるときがくる。そのときは別の商売相手を、俺たちは見つけているだろうさ。とにかく、そうやって俺たちはこの国を豊かにしてきた。だから勲章《くんしょう》をくれという気もない。仕事なんだ。商売なんだよ。賞《ほ》めてくれともいわねえかわりに、説教もされたくないね。誰と組んで、何をしようがな」

「タフだな」

私がつぶやくと黒田はにこりともせず、頷いた。

「取り柄は根性だけだ」

そしてナイフとフォークをおいた。

「お前を城南連合に引き渡す。かわりにパメラを返してもらう。こいつは、俺にとってはビジネスそのものとはいえない。一種のアフターサービスのような作業だ」

「パメラはイギリス人だ。渡すなら、CIAじゃなく、別のところじゃないのか」

「CIA《ラングレー》には小心者がいてね。パメラが余分なことを女王陛下の耳に入れるのを恐がっているのさ。小心者と組むのは悪いことじゃない。失敗を前もって予測できない馬鹿は、たいてい事業を駄目にする。カーターはそれで落ちたようなものだ」

私はアメリカ人をふり返った。やりとりが理解できているのかいないのか、無表情に私を見つめている。

「パメラは消されるのか」

「俺の知ったことじゃない」

黒田は答えた。

「パメラが聞いた〝予言〟の中味が気にはならないのか。商売につながるかもしれないじゃないか」

「〝予言〟はあくまで〝予言〟だ。それがもしラングレーの連中を困らせるようなことなら、奴らはそうならないよう、手を打つだろうさ。〝予言〟てのはそのためにあるもんだ。ちがうか」

店の入口の方角から足音が聞こえた。スカイハイツに乗りつけたやくざ四人と、赤坂で痛めつけたパンチパーマが現われた。包帯を頭に巻き、マスクをつけている。私を見て、パンチパーマの目が広がった。

「この野郎です」

まだ新しい歯が入っていないのか、しゅうしゅうと音の洩れる口調でいった。

「こいつは預ける。俺たちとは何の関係もない男だ。パメラを渡してもらいたい」

私がやくざたちに囲まれると、黒田はいった。

「その件だが、夜まで待ってもらいたい」

やくざの先頭にいた男がいった。

「なぜ」

黒田は訊ね返した。

「うちのオヤジが会いたがってる」

黒田は首をふった。

「佐川さんとは話がついている筈だ」

「わかってる。今度のところは、先生はアメリカ人に恩を売ることにしたみたいだからな。オヤジの件はそれとは別だ。あの女に興味があるみたいなんだ」

「おいおい、金髪女を抱きたいのなら、いくらでもいるだろうが」

やくざは顔をしかめた。

「そんなんじゃねえ。あの女が聞いたとかいう話に興味があるんだよ。ホテルの火事、噂じゃあの女といっしょにいた外人を消すためにしくまれたっていうじゃないか」

黒田は首をふった。

「そいつはタチの良くない噂だ。よそでそんな話をしない方がいい」

「そういうわけで、この野郎は預かっていくが、パメラを渡すのは夜になる」

黒田は目を軽くつむり、考えていた。

「いいだろう。この男は連れていけ」

「こいや」

私は両腕をつかまれ、ひきずられた。マスクのパンチパーマが囁いた。

「手前、殺してくれって頼むまでいたぶってやるからよ。覚悟しとけや」

7

私が連れていかれたのは、乃木坂にある古いマンションだった。乗せられたリンカーンの後部席で、パンチパーマは私の横腹を殴りつけた。何発か殴られ、私が咳《せ》きこむと兄貴分がいった。

「いい加減にしとけ。車よごされたらどうするんだ」

エレベータのないマンションを三階まで登った。どうやら建物全体が、城南連合のもちもののようだ。

家具のない、ほこりっぽい二DKに押しこまれた。パンチカーペットをしきつめた八畳間に、サルグツワをかまされ、うしろ手に縛られたパメラがいた。

つきとばされ、床に転がった私をパメラは目をみひらいて見おろした。

「この野郎」

パンチパーマは満足そうにいって、趣味の悪い上着を脱いだ。木刀が壁ぎわにたてかけてある。

「痛めつけるんだったら、口、塞いどけ」

兄貴分が命じた。

「大丈夫っすよ。まずこの野郎の歯、全部叩き折って、声がでねえようにしてやりますから」

木刀を手にして、パンチパーマはいった。

どこかで電話が鳴った。はい、と応える声が聞こえた。

パンチパーマはにやにや笑いながら私の前に立ちはだかった。

「手前、あのおかしな道具、もってるだろう。だせや」

私はブラックジャックをとりだし、床においた。

「へえ」

別のチンピラがつかみあげた。砂鉄を中にしこみ、編んだ皮ヒモで包んだ品だった。手首にかけるストラップがついている。

「便利な代物じゃねえか」

シュッと口真似しながら振ってみせた。

「これで俺の脳味噌ぐじゃぐじゃにしてやるって威《おど》したんだっけよお！」

パンチパーマが木刀をふりおろし、私は目の前が白くなった。衝撃が頭頂部から背骨に伝わる。

さらにパンチパーマが木刀をふりあげたとき、兄貴分が止めた。手にコードのついた電話機をもち、しゃがみこむと、

「おい、手前、英語喋れるか」

私に訊ねたのだった。

「今のうちなら」

私は答えた。

「これ以上殴られたら無理だ」

「強気な野郎だぜ――」

私は反省していた。強引な手を使ったことはともかく、きちんと後始末をしておかなかったから、こんな目にあうのだ。もし次があるなら、仕返しができなくなるまで痛めつけておかなければならない。

兄貴分はパンチパーマを見上げた。

「馬鹿になるまでひっぱたくのはちょっと待て。オヤジが今からくるそうだ。この女から話を聞きたいのだとよ。だったら通訳がいるだろう」

「他にいないんすか」

パンチパーマは不満そうに頬をふくらませた。

「頭悪いな、お前。こんなとこ、誰に見せられるんだ。びびって、サツに駆けこまれたらどうすんだ。通訳させるだけでいちいち消すわけにもいかねえだろうが」

兄貴分は舌打ちしていった。

「あとでゆっくりやらしてやっからよ。我慢しろや」

パメラは目を閉じ、壁にもたれかかっている。薬は切れているようだが、身動きはしなかった。

「縛って転がしとけ」

兄貴分が命じ、私は両手両足を縛られ、サルグツワをかまされた。

そのまま一時間ほどが過ぎた。その間、私は事態の原因を考えていた。ジェファーソンはＣＩＡに居場所をつかまれていたのだ。尾行がつき、その結果、黒田は私という獲物を手に入れた。

嘘をついていなかったからといって、クライアントの信頼性が高まるわけではない。むしろ正直な人間ほど、接触する際は安全に注意を払わなければならない。教訓としては、高すぎる代償だった。

黒田のいった通り、私のような駆けだしが手をだすような件ではなかったのかもしれない。私は万一つかまった場合の安全策はまるでとっていなかった。順当にいけば、パメラがＣＩＡに引き渡された時点で、消されることになるだろう。

やがてドアホンが鳴り、六十代の男が二人、姿を現わした。ひとりは元関取のような体格でスポーツシャツにチェックのジャケットを着こみ、もうひとりはダブルのダークスーツを着こんだ、顔色のどす黒い小柄な男だった。

スーツの男を見て、パメラがはっと目をみひらいた。

私とパメラのサルグツワが外された。

「ミスター・サガワ！」

パメラが叫んだ。佐川は軽く、片手を掲げ、日本語でいった。

「そんな怒らんといてえな、パメラさん。今回はいろいろあってしゃあないんや」

まるで罪の意識を感じていない口調だった。兄貴分が私を突々《つつ》いた。

「訳せや」

やむなく、私は佐川の言葉を訳した。

「裏切り者」

パメラは短く吐きだした。私の正体には興味がないようだった。やむをえず、いった。

「私は、あんたを助けるよう、元の亭主に雇われた人間だ。うまくいかなかったが」

パメラは私を見返した。

「あなたが」

「今日の昼間、彼と会った。その帰りにさらわれたんだ。ＣＩＡがあんたの身柄を欲しがり、佐川はアメリカ側についた」

「日本人はいつだってそうよ。ドルに尻尾をふりたがる」

「手前らだけで喋ってんじゃやねえ」

兄貴分が止めた。スポーツシャツの大男が私の顔をのぞきこんだ。

「おい、チンピラ、名前何てんだ」

「ジョーカー」

「ふざけんな、この野郎！」

手下が金切り声をたてた。大男は首をふった。

「粋がるね。まあいい。粋がる奴はたいてい早死にするもんだ。お前、この女を捜してたんだろ。この女の情報が銭になると見て」

「私は雇われただけだ」

「誰に」

「彼女の元の亭主だ」

隠す必要もなかった。

「彼女が助けを求めた相手が信用できないとわかっていたのだろうさ」

「黙っとけ、小僧」

佐川が唸《うな》った。

「お前に何がわかんのや。この国はな、所詮はアメリカ人のものなんじゃ。何だかんだいうたって、アメリカ人怒らしたら、まるごとやられてしまうわ。イギリスなんて、おちめの三度笠や」

パメラに告げた。

「大英帝国の威信は、日本人には通じないといっている」

「国の問題じゃない。人間としての信義の問題よ」

「同感だね」

佐川を見つめた。

「国じゃなくて人間の問題だそうだ」

佐川はやっていられないというように首をふった。

「何を青臭いことというてんのや。スパイの分際で」

「チンピラ、この女が死んだ外人から聞いた話を喋らせろ」

大男が命じた。

「連中は、あんたがホテルで焼け死んだ男から聞いた話を知りたがっている。取引をもちかけてみたらどうだ」

「何て」

「話すかわりに、自分を自由にしろ」

「無駄だと思うけど」

「CIAはあんたに洗いざらい吐かせたあげく、消すかもしれん」

「覚悟はできているわ」

「とりあえず、取引をもちかけてみる」

私は大男を見た。

「話してもいいが、自分を自由にしてほしいそうだ」

「あかん」

佐川が急いでいった。

「いわんでいい。そんな取引、しょうもない」

大男に向き直った。

「ええか。この女の話は私らの金儲《もう》けに結びつくようなものやない。聞いてもしかたない話や」

「佐川先生、まあそんなに急がなくても。とりあえず聞くだけ聞いてみましょうや」

「もしCIAと取引しよ、思うてんなら、やめといた方がええで。あいつら容赦ない」

「チンピラ、話を聞け」

大男は私に命じた。

「サガワは聞きたくないといい、このヤクザのボスは聞きたがっている。どうする？」

「はっきりいって、この男たちには何の関係もないことよ。私の聞いた〝予言〟は、アメリカ政府はやがてサダム・フセインと戦争をする、ということ」

「フセインとアメリカは、反ホメイニで手を結んでいるのに？」

「そう。アメリカの中枢には、石油戦略を二十年、三十年のスパンで考えている人間がいる。フセインがいうなりにならなくなったら、アメリカはイラクに戦争をしかけるでしょう」

「そうなったら日本の商社もたいへんだな」

私はつぶやいた。日本製の車は、年間五万台以上も、イラクに輸出されている。確か、海外工事の国別受注額で、イラクはこの数年、一位だった筈だ。そんな国がアメリカと戦争になるとは、誰も信じないだろう。

「にわかには信用できない話だ」

「そうね。でもその人の〝予言〟をわたしは信じる。もしイラクがイランではなく、どこか別の、アメリカと取引のある産油国と戦争になったら、そのときアメリカの本性がわかるわ」

「それが信憑性のある〝予言〟だとしたら、公けにしてほしくないアメリカ人は確かにいるだろうな」

「石油戦略が、今後のアメリカの政治を決める。アメリカはやがて、世界中のイスラムと対立する羽目になるかもしれない。石油が原因で」

私は息を吐いた。やくざが興味を示す話とは、とうてい思えない。サダム・フセインの名を知っているかどうかすら、疑問だ。

「日本の商社がいずれ大損する、という話らしい。複雑で、筋道たてて話すには、時間がかかるといっている。イラクの問題だ」

「イラク？」

大男は顔をしかめた。

「イラクって、イライラ戦争のイラクか」

「そうだ。将来の戦争の可能性についての話なんだ」

「何だ、そりゃ。そんなもの、俺らに何の関係もないぞ」

「だからいうたやないか。あかん、て」

佐川がいった。

「詳しく聞くなら時間をくれ。金儲けにはつながる筈だ」

大男は思案顔になった。が、すぐにいった。

「やめた、面倒くせえ。それよりアメリカ人から銭をもらった方がいい。黒田に連絡しろ」

私はがっかりしてパメラを見た。

「どうやら取引は不成立のようだ」

「わかっていたことよ」

パメラはつぶやき、佐川をにらみつけると、英語で悪態をついた。佐川は落ちつかなげになった。

「ほな、そろそろ、私帰りますわ」

「しかたない、先生をご案内しろ」

大男が命じ、パンチパーマが佐川の前に立った。

「下の車まで、お送りします」

佐川は気になるようにふり返り、大男に告げた。

「あんじょう、してや。きっちり、な」

いそいそと玄関に向かった。ロックが外され、ドアが開く音がすると間をおかず、ドンドン、という銃声が響いた。

「なんだ!?」

兄貴分がふり返り、別のチンピラが玄関に走った。

「兄貴っ」

叫び声があがった。銃を手にしたジェファーソンに押されるように戻ってくる。ブローニングのハイパワーだった。

「エドワード!」

パメラが叫び、私はジェファーソンのファーストネームを知った。

「何だ、こいつは」

大男がいった。

「彼女の元の旦那だ」

「組長、えらいことです。この野郎、佐川先生を……」

戻されたやくざがつぶやいた。大男は目をみひらいた。

「何だとっ」

ジェファーソンは室内にいる全員にブローニングを向けながら、ポケットナイフをとりだした。

「すまなかった、ジョーカー。君を囮《おとり》にした」

私を縛ったロープを切り、いった。

「そうではないかと思っていた」

私は答え、ジェファーソンからうけとったナイフでパメラを自由にした。

「元五部の人間が、簡単に尾行される筈がないからな」

ジェファーソンは頷いた。

「この日本人たちにいってくれ。サガワは約束を破った報いをうけた。もうひとりの男は彼のボディガードだろう。パメラを連れていくが、恨むのなら、私を恨め、と」

言葉通りに伝えた。大男が唸った。

「ふざけるな、チンピラ。この野郎にいえ。佐川先生殺《や》って、逃げられると思うなよ。イギリスだろうがアメリカだろうが、鉄砲玉が飛ぶぜ」

ジェファーソンは微笑《ほほえ》んだ。

「彼らがソビエトまで殺し屋を送りこめたら、ＣＩＡやＳＩＳ以上、ということになるな」

8

ジェファーソンはその言葉通り、二日後、ソビエト連邦に亡命した。パメラは偽造パスポートを使い香港《ホンコン》経由でイギリスに戻った。

黒田とはその後二度ほど顔を合わせる機会があった。佐川が射殺された経緯について、知ってか知らずか、それについて触れることはなかった。

パメラを渡すのに失敗した城南連合は、ＣＩＡの怒りを買ったからかどうかは確かではないが、その一年後に解散に追いこまれた。

ジェファーソンは、私を囮にした詫びを改めていい、着手金とは別に百万を支払った。

別れ際、いった。

「しばらく私は、大英帝国に追われる身になるだろう。何年か、いや何十年かがたって、背中の心配をせずにトウキョウにこられることがあれば、一杯奢らせてくれ」

「あんたは私を利用したが、助けもした。そのことは反省も含めて、忘れないでおく」

ジェファーソンは頷いた。

「君が経験に乏しいからこそ、私の作戦は成功した。もしベテランだったら、うまくいかなかった」

「次に会うときは、ベテランになっている筈だ」

私は答えた。

「そこまで長生きができるなら、だが」

ジョーカーの感謝

1

気持のいい晩だった。梅雨の中休みで、太陽の照った昼間は暑かったが、夕方になると乾いた風が吹き始めた。それも湿気を含んだ重い風ではなく、心をさらってどこか遠くへ連れていこうと浮き立たせるような、そんな軽い風だ。

バーに向かう前に、近くの郵便局に寄った。私あての郵便物は、すべてここで局留になる。有限会社『ジョーカー』に郵便が届くことはほとんどなく、ひと月に一度のぞけば充分だった。

航空便で送られてきた小さな箱があった。開くと、ティッシュでくるまれた金色のブレスレットが現われた。見覚えはなかった。英文の打たれた紙片が入っており、それを読んで記憶がよみがえった。

箱をポケットにさしこみ、バーに向かった。ドアが大きく開かれていた。

沢井がカウンターの外側にかけ、煙草《たばこ》を吸っていた。まだ完全には日が暮れきっておらず、開いたドアからは、青みをわずかに残した空が見える。客はいない。

「夏のこの時間が好きなんですよ。黄昏《たそがれ》どきってやつですか」

私に気づくと照れたように笑った。

「まっ暗になるまでは、もったいなくて戸を閉める気になれない。閉めちまうとも う、夜といっしょですからね」

私は頷いた。箱をカウンターにおいた。

「何すか」

「見てみろ」

沢井が煙草をくわえ、箱を開けた。

「古いすね。それに安物だ。メッキがはげちまってる」

「ココにプレゼントした品だ」

「ココ？」

首を傾げ、私を見つめた。少し考え、あっという顔になった。

「あの、安っぽい美人。金髪の」

「覚えていたか」

「あたり前じゃないすか。忘れるわけがない、安っぽいけど、色っぽかった」

2

沢井が六本木の外れにバーを開いたのは、一九八五年の暮れだった。

「こういう店をやるのが夢だったんですよ」

のぞいた私に目を輝かせ、いった。その前の年、事務所がわりにしていた西麻布のバーがなくなり、私は新しい店を必要としていた。

沢井は私の仕事を知っていた。話はすぐにまとまり、沢井の店が私の新しい事務所になった。

翌年の六月、梅雨入り直前のむし暑い晩に、私を訪ねてきた客がいた。ひどく暇な夜で、先行きに不安を感じたのか、珍しく沢井は無口になっていた。口開けから午前一時まで、客が私ひとりでは、暗い気分になるのも無理はなかった。

その女はひどく酔っているように見えた。

「まだやってる？」

ドアを開け、発した言葉がそれだった。肩をむきだしにした長いドレスを着け、シヨールを巻きつけている。胸もとまであるまっすぐな長い髪を完全な金髪に染めていた。そこまでの金髪は、当時あまり見ることがなく、異様な印象を与えた。が、それをのぞけば、なかなかの美人だった。アーモンド形の心もち吊りあがった目と、作りものではないかと思えるほど形のよい鼻すじをもち、ふっくらと厚みのある唇《くちびる》へとつながっていた。その唇はどぎついほど濃い赤に塗られていた。強い香水が匂った。ドレスの開いた胸もとに、本物ならばフェラーリが二台は買えそうな、エメラルドとダイヤをあしらったネックレスが下がっていた。肩から金色の鎖で吊るした小さなバッグをさげているだけだ。

連れはいなかった。

沢井は怪訝《けげん》そうな表情を浮かべた。こんな時間に、これほど派手な女が連れもおらずに飛びこみで飲みにくることはまずない。

あるいは客と喧嘩したどこかのホステスかもしれない。銀座では土地転がしで稼いだ連中が、ひと晩に空けたドンペリの本数を競うのがはやっていた。この時刻、六本木周辺では、まずタクシーの空車を止めるのが難しい。まして女ひとりでは、近距離と見られて、空車は止まりもせず走り抜けるのが常だった。

止まって行先を聞いてから乗せないのでは乗車拒否にあたる。だから近そうな客は無視するのだ。それでもあえて止めようと思うのなら一万円札をかかげ、釣りはすべてチップにするという意思表示をするしかなかった。

近そうな客であっても車が止まるのは、午前四時を過ぎる頃合いだった。週末ともなれば、それが五時、六時までのびる。

そんなご時世で、客が私ひとりとあっては、沢井が落ちこむのも当然だ。飲食業界で聞こえてくるのは、景気のいい話ばかりだ。ひと晩にチップだけで十万円稼ぐという、女子大生のアルバイトホステスを連れてきた客もいた。

女はタクシーを拾えるまでの時間待ちをしにきたように見えた。

「どうぞ」

沢井はものうげに答えた。見かけは豪華でも、身銭はたいして切らないのが、こうした女の常だ。水割り一杯で粘られてはたまらないと思ったのだろう。

「ブラック・ベルベット」

ストゥールに尻をのせた女は、私の方を見もせず、いった。沢井は顔をしかめた。

「うちはシャンペンの小壜《こびん》おいてないんですよ。モエでも、一本開けるとなると、高くなりますが――」

女は身をのりだした。

「ドンペリのゴールドとギネスで作って」

音をたててバッグをカウンターにおき、口を開いた。帯封の束がいくつかと、輪ゴムで留めた緑色の筒がのぞいた。日本円で三百万、ドルで二万ドルは入っていそうだった。

百万の束がぽんとおかれた。

「これなら足りるでしょう」

沢井が呼吸困難を起こし、ようやくいった。

「も、もちろんです」

ブラック・ベルベットは、シャンペンと黒ビールを一対一であわせるカクテルだった。口当たりはいいが、酔いが早い。

「ただ、ドンペリはピンクまでしかおいてないんですが」

女は首をふり、シット、とつぶやいた。

「いいわ、それで。それからジョーカーって人がいたら、紹介してくれる？」

沢井が私を見、女の首が動いた。顎をあげ、焦点を合わそうとするように目を細めた。

「ジョーカーなの？」

私は無言で頷いた。女の唇の両端がひっぱられるように動き、まっ白な真珠を思わせる歯がのぞいた。

「いい男ね。入ってきたときに思ったけど」

私は首をふった。

「嘘だな。俺のことはちらりとも見なかった」

「目が早いの。いつもお店に入ると、いる人の顔を全部、チェックする」

バッグから、もうひとつ帯封のついた札束をだし、私の前へとカウンターの上をすべらせた。

「着手金」

沢井が上品にシャンペンの栓を抜き、グラスから溢れさせないよう注意して、ギネスと混ぜあわせた。

「あなたと、それから彼にも」

女は沢井に告げた。

もうひとつ札束が追加された。

「一日で終わらせて。そうしたらこれがボーナスになる」

それを女の前に押し戻した。

「仕事の内容を聞こう」

沢井がグラスを女と私の前においた。

「いいわ」

女はグラスをもちあげた。かなり酔っているように見えるが、細く長い指は、なみなみとカクテルを満たしたグラスを、一滴もこぼすことなくもちあげた。その指に、巨大なダイヤの指輪がはまっている。

「乾杯」

私たちは乾杯した。

「あたしの名前はココ。アメリカからきていて、今はTホテルに泊まってる。仕事で三日間だけ、こっちに戻ってきたの」

「アメリカはあまり景気がよくないんでしょう」

沢井がいった。

「あたしの仕事は、あまり景気には左右されないの。そんなことより、四谷《よつや》の左門町《さもんちょう》に、『折原《おりはら》』って、小さな染物屋がある。地上げにあってるの、今。周りは全部売れたのだけど、そこのオヤジは、たった二十坪かそこらの家を、一億でも売らないってがんばってる」

「もっと立退《たちの》き料が欲しいのかもしれん」

「頭が固いのよ。今どき客は年寄りばかりで、移転したら、新しい店にこられなくなる。だからがんとして移転をうけいれない。店の前の鉢植えを壊され、猫の死体を投げこまれ、先週は危うく火をつけられるところだった」

「立退かせたいのか」

ココと名乗った女は首をふった。

「逆よ。守ってほしいの」

「警察に頼め」

「警察は、家が燃えるか、ダンプにでもつっこまれてからなら何とかしてくれる。でも今は役に立たない」

「じゃあどうしろと」

「地上げ屋を潰して」

「ゴキブリを追いかけるようなものだ。一匹殺したところで、次の一匹がまたでてくる」

「再開発のためにあたり一帯を買い占めている奴がいる。そいつが地上げ屋を使ってるの。表にはでてこないけど。そいつを潰せばいい」

「殺しはやらない」

「殺さなくてもいいわ。あきらめさせてくれれば」

「なぜ一日なんだ」

「あたしが向こうに帰るから。そうしたらもう二度と日本には帰ってこない。だから安心したいの」

「ご実家ですか」

沢井が訊ねた。

「そうよ。十六のときに家出してから帰ってない。お母さんとはときどき電話で話しているけれど、父親は電話にもでないわ。頑固だから。あたしのことが大嫌いなの」

「なぜそんなに嫌われる？」

「逆らったから。あたしはアメリカで歌手になりたかった。父親はお母さんとは再婚で、五十を過ぎてからあたしが生まれた。だから箱入り娘にしたかったのよ」

沢井はココの髪を見つめ、小さく頷いた。

「もう八十になる父親に、今さら引っ越しなんかさせたくない。やって」

「親父にその話をしていいか」

「嫌よ」

にべもなくいった。

「あたしがあなたのギャランティをどう用意したのか知りたがる。ご免だわ」

「いい話なのに」

沢井がつぶやいた。

「あさってまでに片づけて。明日一日で」

「やってみよう」

私は頷いた。ココは私の目をのぞきこみ、囁くようにいった。

「あなたのことは、ニューヨークの知り合いの弁護士に聞いた。イリーガルだけど、腕が立つって」

「光栄だな」

人さし指で私の頬に触れた。

「寝られなくて残念だわ。メイクラブしたいタイプなのに」

私は答えなかった。ココはするりとストゥールをすべり降りた。

「Tホテルに電話をちょうだい。ココで通じるわ」

ドアに向かった。

私は沢井に目配せした。

「ありがとうございました。お釣りを――」

沢井がカウンターをぐり抜けた。

ドアに手をかけたココはふりかえった。沢井に微笑みかける。

「チップよ。おいしかったから」

わずかに細めた目で沢井の目をのぞきこんでいた。金縛りにあったように、沢井の動きが止まった。私も思わず見とれたほどの色気だった。

ココがでていくと、我にかえったように沢井はあとを追った。

ありがとうございましたぁ、という叫びが聞こえ、戻ってきた沢井は閉めた扉によりかかった。

「たまげました。トリプルサイズのリムジンが待ってやがった」

「ボディガードは？」

「それはいませんでした。運転手だけです。いったい何なんですかね」

「さあな。危い女だろう」

私は答えた。

3

「折原」に立退きを迫っている地上げ屋はその夜のうちに判明した。十分後にバーをでて、四谷まで車を走らせた私は、周辺が廃屋となった一角に建つ、古ぼけた二階屋を見つけた。

木製の看板に「染　折原」と記されている。午前二時を過ぎ、一階にも二階にも明りは点《とも》っていない。

その家は外苑東《がいえんひがし》通りから一本ひっこんだ位置にあった。外苑東通りに面した古いビルはすでに解体作業が始まり、周囲をフェンスでおおわれていた。裏手に建つ「折原」をのぞけば、左右の民家もロープで囲われ立退きが終了したことを表わしている。

業者にとってはやがて、更地《さらち》の中の一角に「出島」のように残った目障《めざわ》りな存在になる。今のうちに追いだしてしまいたい気持もわからないではなかった。「折原」がある限り、そこに床面積のある一棟の建物を作るのは難しい。

午前四時前、わずかに空が明るみ始めた頃、ひどくよごれたワンボックスカーが、

「折原」の建つ裏通りに進入してきた。私は解体工事の始まったビルのフェンスの陰に立ち、二本目の缶コーヒーに口をつけたところだった。

ワンボックスカーは「折原」の前で静かに止まると、作業衣を着け、キャップをかぶった二人の男が降りた。エンジンはかけたままだ。二人は大きな音をたてぬよう注意をしながら、車の後部から大きな黒いゴミ袋をひきずりだした。ゴム手袋をはめ、顔にはマスクをしている。

「折原」の玄関先にゴミ袋が並べられた。中身は液体の混じったかなりの重さがあるものだ。

ひとりが作業衣からカッターナイフをとりだすのを見届け、私はそっとその場を離れた。止めておいた車に戻り、ワンボックスカーの先まで動かした。

窓をわずかにおろしていたので糞尿の悪臭が私の車まで届いた。汚物をしこたま詰めたゴミ袋を、「折原」の店先で切り裂いたのだ。

ワンボックスカーが発進し、私の車のかたわらを走り抜けた。ライトを消したまま、あとを追った。裏通りを走る間は、背後に注意を払っている筈だ。距離をおいた。

外苑東通りに合流するとワンボックスカーはスピードをあげた。客を乗せたタクシーがまだ激しくいきかかっている。それらを縫い、私はワンボックスカーに貼《は》りついた。

青梅《おうめ》街道に入ると、ワンボックスカーのスピードはさらに速まった。そして一時間後、すっかり夜が明けた頃、小平《こだいら》市の「明園《めいえん》土木」という事務所の敷地の中に入って止まった。

観賞用の庭石がごろごろとむきだしの地面にころがされ、プレハブ式の事務所が奥に建っていた。パワーショベルやブルドーザーなどの重機とダンプ、そして新車のメルセデスが敷地には止められている。

プレハブの事務所には明りが点り、ワンボックスを降りた二人が入ってしばらくすると、大きな笑い声が中から聞こえてきた。四、五人の人間が中にいるようだ。

私は「明園土木」の少し先に車を止め、降りてようすをうかがっていた。

十分後、事務所から作業衣の男たちに送られてスーツの男が姿を現わした。

ご苦労さんですという作業衣の男たちの合唱に手をふって答え、メルセデスに乗りこんだ。三十代半ばで、肩にパッドの入ったイタリア製と覚しいダブルのソフトスーツを着けている。

メルセデスを尾行した。メルセデスは国道一七号と並行する裏道を疾走し、多摩川につきあたる手前で左に折れた。多磨霊園の近くであたりに人家は少ない。府中刑務所はすぐそばだ。

　霊園の中を抜ける細い道に入りこんだメルセデスが急にブレーキを踏んだ。この時刻、裏道ばかりを走っていたのだから、尾行に気づかれるのは当然だった。だがわざと私を誘いこんだ以上、それなりに腕に覚えがあるのだろう。

　エンジンをかけたままドアを開け放し、スーツを着た男は降り立った。色白でなかなかの二枚目だ。ホストでも通用するだろう。だが私の車に歩みよるその足の運びは、明らかにやくざだった。

　男はすまないというように私に手をあげ、サイドウインドウを降ろさせた。

「道に迷っちまったみたいでさ、ちょっと教えてくれませんかね」

　腕に覚えがあるだけでなく、なかなか頭もきれる。いきなり怒鳴りつけ、逃げられるのを警戒したのだろう。

「地図、もってないすか」

　私は無言で首をふった。

「じゃあ、俺の方に地図があるからちょっと見て下さいよ」

　私の車のドアを開けた。左手で匕首《あいくち》を抜いた。刃先が私の顔の前につきだされた。

「手前《てめえ》、何だ。なんであとついてくる」

すばやくあたりを見回し、匕首を右手にもちかえると、左手で私の襟首をつかみ、運転席からひきずりだした。

一回めの膝蹴りは突然だったので防げなかった。二回めの膝蹴りをくらう前に左手を払い、顔面に頭突きを浴びせた。

尻もちをついた男の右手首を踏み、匕首を奪った。鼻が潰れ、両方の鼻孔から血が噴きでている。

「車に乗れ」

早朝の墓参りをしようと、歩く老人の姿が少し離れたところにあった。私は男を車の後部席に押しこみ、並んですわった。

「何だ、お前よ、いったい誰に喧嘩売ってるつもりでいやがる」

男はいきなり私を蹴ろうとした。その靴をつかみ、右足のアキレス腱を切った。ぎゃあっという声があがった。

「しばらく不便になる。だが早めに手術をすればつながるかもしれん」

男の髪をつかみ、顔をひき起こした。スーツからきついコロンの匂いがした。

「な、な、何だよ……」

「動くなよ」

耳もとに囁き、右のわき腹に匕首を突きたてた。うっという呻きをあげ、男は震えだした。匕首の刃は、浅く、内臓までは達しない位置で止めた。

「あとひと押しで肝臓だ。えらく血がでるぞ。運よく助かっても、長生きはできなくなる。酒も煙草も駄目な人生てのはつまらないだろう」

「か、勘弁してくれよ、あんた、どこの人だ……」

「こっちの質問が先だ。四谷の土地を買い占めてるのは誰だ」

「何？　何だって」

わずかに刃先を進めた。ひっと男は声をあげ、体を硬直させた。

「痛かったろう。たぶん肝臓の表面にあたったんだな」

目が動き、喉仏《のどぼとけ》が上下した。滝のように汗を流している。

「で、買い占めてるのは？」

私は男の目を見つめた。

「や、八坂《やさか》さんだ。うちのオヤジの兄弟分で青南興産て会社の……」

「オヤジてのは？」

「皆川組丸山一家、組長、花森克次《はなもりかつじ》」

「お前の名は？」

「溝口《みぞぐち》」

「丸山一家の溝口か？」

「そう」

「覚えておく」

「あんた、あんた、誰だ」

私は溝口が背中を押しつけている後部ドアのロックを解いた。

「知らなくていい」

ノブをひくと、上半身が車の外へ落ちた。匕首を抜き、血まみれの足首をつかんで外へと放りだした。

ドアを閉め、車内で運転席へと移った。溝口は道端を転げながら、自分のメルセデスへと近づこうとしている。

ギアをバックにいれ、アクセルを踏んだ。上りの幹線道路が朝のラッシュを迎える前に都心に戻りたい。

二十メートルほどバックし、霊園のスペースを使ってUターンした。ミラーの中で溝口が、ようやくたどりついたメルセデスに上半身をさしこんでいた。

やがて、パン、という乾いた銃声がした。

拳銃を握り、ドアで体を支えてこちらを狙《ねら》っている。

墓参客に流れ弾があたらないうちに退散することにした。

4

都心に帰ると、車を洗い、立体式の駐車場に預けた。洋服を着がえ、別の車に乗って四谷へ向かった。

ココの本名は「折原こころ」といった。本人の言葉通り、染職人の折原玄一《げんいち》には子供がひとりしかおらず、その娘はぐれて、十三年前に家出したきりだという話を聞いた。「折原」が地上げにあっているのは、近所では知れ渡っていた。だが札束を積んでもらえるなら、いつでも地上げにあいたいと思っている人間の方が多かった。

ただ一軒の豆腐屋だけが、店を売って金をもらってもよそで商売ができるわけじゃないと嘆いていた。とはいえこの地に残っても、住人が次々といなくなり、商売をつづけていける自信もない。地上げは一時的にゴーストタウンを作りだす。地上げ終了後、そこに新しい集合住宅が建てば町は活性化するが、それまで地元の商人は長い忍耐を強いられる。

結局は地上げに応じる他なくなるのだ。

ココの父親を見た。よごされた店先をホースの水で洗い流していた。痩せて、背筋のまっすぐな老人だった。和服に襷《たすき》をかけ、黙々と作業をおこなっている。一度だけ声を聞いたのは、手伝おうと中から現われた、妻らしい女性に、

「お前は中に入ってなさい」

と叱りつけるようにいったときだ。その後老人は、警戒するようにあたりを見回した。

警察がきたようすはなかった。届けても無駄だとあきらめているのかもしれない。

一度自宅に戻り、仮眠をとった。起きると夕方になっていた。

私は不動産業界に詳しい男に連絡をとった。男は自動車電話をとりつけたばかりで、ゴルフ帰りの車の中にいた。

「八坂？　新手のマンション王さ。新しいブランドの高級マンションのシリーズを売りだして当たりをとった。他に高級レストランやカフェバーもやっている」

「いくつくらいなんだ」

「まだ五十をでたかどうかだ。もとはディスコやクラブの経営をやってたんだが、不

動産であてたのさ。そういや、今夜オープニングパーティがある『ビレッジ・ブルー』も奴の店だ」

「ビレッジ・ブルー」の名は聞いたことがあった。ニューオーリンズにある有名なジャズスポットだ。その東京店が豪華なレストランクラブとして原宿《はらじゅく》にオープンするのは、マスコミで話題になっていた。

「銀行に百億単位の借金があるらしいが、もっと借りてくれと銀行員が毎日拝みにいっているそうだぜ」

「地上げもやっているのか」

「自分じゃ手をださないね。独身でフェラーリに乗り、大金持だけを相手にする商売しかやらないと豪語している。今夜のパーティには、ラリー・モーガンを呼んで派手にぶちあげるらしい」

ラリー・モーガンは、モダンジャズの巨匠だった。もう六十近い筈だが、六〇年代の終わりからずっと一線で活躍しているトランペッターだ。

「ただ……」

知り合いは声を潜めた。

「ディスコやクラブのあがりだけで、いきなりマンション建設にのりだせるわけじゃない。奴が今の元手をこしらえたのは、コカインのお陰だって噂もある。ディスコのVIPルームの常連に売りつけ、しこたま稼いだ。ニューヨーク直輸入の上物だという触れこみで、嗅いだ奴の話じゃ確かにぶっとびもんの極上品だったと」

いつまでもクスリの売り上げだけに頼らないあたり、抜け目のない商才があったということだろう。土地は、きのうより今日、今日より明日といった勢いで値上がりがつづいていた。経済評論家たちは、常に今が底値だと思え、とテレビや新聞で叫んでいた。このままいけば、ふつうのサラリーマンは生涯収入をすべてつぎこんでも、山手線の内側にマイホームをもつのが不可能になりそうだった。それでも土地は値が下がらないのだから、親子二代にわたるローンを組んででも買っておくのが賢い選択だといわれていた。

「俺も長くやっているが、こんな時代がくるとは思わなかったよ。電話一本の取引仲介で、きのうは、一千万がとこ転がりこんだ。お前ももう、ケチなもめごと処理屋なんざやめて、俺の仕事を手伝わないか」

男はいった。

考えておく、と答えて私は電話を切った。

電話一本で一千万の話を聞いたあとでは情けないが、百万のボーナスを得るためには、「ビレッジ・ブルー」のパーティ会場で八坂の動きをつかむ他ないようだった。独身で大金持相手の商売をしているとなれば、今夜自宅に戻るという保証はない。それに自宅といってもたぶん一ヵ所ではないだろう。

タキシードを車に積み、原宿に向かった。

パーティの始まるのは午後七時だったが、目抜き通りに面した「ビレッジ・ブルー」の周辺では大渋滞が始まっていた。テレビ局の中継車や、黒塗りのハイヤーがずらりと並んでいる。店の入口はこうこうとライトで照らしだされ、パーティに訪れる有名人や財界人をカメラが狙っていた。

「ビレッジ・ブルー」は、できたばかりのファッションビルの地下にあった。私はタキシードに着替え、ビルの裏口をめざした。従業員用のエレベータで地下に降りるつもりだった。

どよめきとカメラのフラッシュがあたりを満たした。壁の陰から目をやると、トリプルサイズのリムジンが店の入口の前に横づけになったところだった。ボディガードにはさまれ降り立つ、ラリー・モーガンの黒い顔をちらりと拝むことができた。かつて私もLPレコードを二枚もっていた。

ラリー・モーガンの一行が、赤絨毯《じゆうたん》のしかれた地下階段に消えるのを待って、銀色のスーツを着けた女が、同じリムジンから降り立った。長い金髪に、顔の半分をおおうようなサングラスをかけている。女はフラッシュをさえぎるように手をかざし、小走りで階段を降りていった。ココだった。

私はようやく従業員用のエレベータを見つけた。だがそこにも長い行列ができていた。

有名人でも財界人でもない招待客がいて、招待状のチェックをその場でうけたあと、従業員用エレベータで、店内に案内されているのだった。

その〝差別〟ぶりに八坂のビジネス観が表われていた。文句をいう人間もいるだろうが、くやしかったら正面から入れるようなＶＩＰに出世しろというわけだ。

従業員用の階段は、一階のブランドショップの奥にあった。私はパーティをこっそり抜けでた金持を装い、中に入った。

聞いたことのないブランドだったが、飾られている品には、どれも万単位の値札しかついていない。

「いらっしゃいませ」

絹のブラウスに黒いタイトスカートを着けた女店員が歩みよってきた。

「やあ。とり急ぎ、あとからくる彼女へのプレゼントを買いたいんだ。あまりかさばらないものがいい」

　私はいった。

「ではこれなどいかがでしょう。イタリアから今朝届いたばかりで、十八金にダイヤをあしらってございます」

　店員はショウケースを開き、中の台ごとネックレスをとりだして見せた。小さな値札いっぱいにゼロが六箇並んでいる。

「それはもう少し親しくなってからだな。今日はほんの挨拶がわりでいい」

　女の目が少し冷たくなった。

「でしたらこれなどいかがでしょう。フォーマルでもカジュアルでも対応できる基本アイテムです」

　隣のブレスレットをさし示した。

「一番安いのはどれかな」

「こちらです。八万五千円でございます」

　経費として払うことにした。

「簡単な包装でいい。目立つのは嫌いなんだ」

　私は告げた。小さなオレンジ色の紙袋が手渡された。

「それと、また地下に戻らなけりゃならないのだが、正面の騒ぎはごめんだし、あっちのエレベータは行列ができている。階段はあるかな」

心得ているというように、女の口元に笑みが浮かんだ。

「どうぞこちらへ」

ブティックの奥を抜け、非常階段へと案内された。そこを降りると、「ビレッジ・ブルー」の厨房《ちゅうぼう》の横だった。

5

「ビレッジ・ブルー」の店内にはおよそ二百人ほどの客がいた。うち五十人ほどがテーブルにすわり、あとが立っている。正面のステージで日本人のカルテットが「ブルー・トレイン」を演奏していた。男は全員タキシードで、女はドレスか、ロングスカートのスーツ姿だ。フロアの隅にシャンペングラスを積み上げた〝城〟が築かれている。

ラリー・モーガンは、ステージに最も近いテーブルのひとつに、ココとともにかけていた。ボディガード二人が両側からはさむように立っている。

演奏が終わり、拍手が起こった。場内の照明が落ち、カルテットがひきさがると、スポットライトがシャンペングラスの〝城〟を照らしだした。ドンペリニヨンのマグナムボトルを手に、一列に並んだウェイターが入場し、〝城〟の頂上からシャンペンを注《そそ》ぐ。

拍手が起こった。頂上のグラスを溢れたシャンペンは黄金色に輝きながら、それを支えていた二番目三番目のグラスに伝わり、さらに下へと注がれていく。

暗いステージに、男がひとり立ったことに私は気づいた。メタルフレームの眼鏡をかけ、まるで新郎のようなコサージュをタキシードの胸につけている。

シャンペンは次から次に注がれ、やがて一番下のグラスまでをも満たした。

私はゆっくりとステージににじりよっていった。

スポットライトがステージに向いた。ステージに立った男は一礼して、スタンドからマイクを手にとった。拍手がわいた。

「本日は皆さま、ようこそ『ビレッジ・ブルー』におこし下さいました」

男の目が、ラリー・モーガンの隣のテーブルにずっと向けられていることに私は気づいた。そこには、白いタキシードを着けた男と明らかにその筋の大物とわかる、羽織袴の老人がかけ、振袖を着けた娘二人にはさまれている。

ステージの男が挨拶をつづけ、その間にシャンペングラスが客席に配られた。白いタキシードの男は小太りで、髪にアイドル歌手のようなパーマをかけていた。そのせいで妙に若く見える。

小太りの男にグラスが渡ると、司会の男が「当店のオーナー」よりご挨拶がございます、と告げた。ひときわ大きな拍手がわき、小太りの男はグラスを手にしたまま立ち上がった。

「八坂でございます」

男がいった。そのとき私の腕をつかむ者がいた。タキシードを着けたゴリラが二匹、私の横に立っていた。二人とも一九〇センチ近くあり、双子のように似ている。

「お客さん、招待状をおもちですか」

ゴリラの一匹が言葉を喋った。

「受付に預けてしまったが何かね」

八坂の挨拶がつづいていた。なかなか巧みで、客席の笑いをとっている。

「申しわけありませんが、確認をさせていただきたいのでちょっとこちらにいらして下さいますか」

ゴリラにつかまれた右腕は肘《ひじ》から下の感覚がなくなっていた。

私は入ってきたときと同じ、厨房横の通路へと連れだされた。ぶ厚い扉が閉まり、八坂の声が聞こえなくなった。

「お名前をお願いします」

私の腕を離したゴリラが低い声でいった。もう一匹は少し離れた扉の前に立ち腕組みをして、二度と店内に入れないという意思表示をしている。

万一侵入がばれ、警察を呼ばれた場合に備えて、私はまったくの丸腰だった。「一流ナイトクラブ」にゴリラの用心棒がいるとは想像していなかった。

「失礼だな。八坂さんに私のことを訊いてみるがいい。ご本人から招待状をいただいたんだ」

ゴリラ二匹は動じなかった。

「会長とは皆さん知り合いになりたがりますよ。あたしらは会長のお知り合いは全員、お顔を存じあげているんです」

「そうかな。八坂さんはとても顔の広い人だと思うが？」

ひとりなら騒ぎを起こさずに片づけられるかもしれない。二人となると厄介だった。

「――何してんの、もうすぐラリーの演奏が始まるわよ」

背後から声がかけられ、私たちはふり返った。ココが立っていた。別の出入口から廊下にでて、近づいてきたようだ。

「お知り合いですか」

ゴリラが上目づかいでココに訊ねた。ココは腕を組み、ゴリラを見返した。

「あたり前でしょ。ニューヨークにあたしがいく前からの友だちよ。早くこっちきて。演奏が始まる前にラリーに紹介したいから」

ココが私の腕をとり、いった。ゴリラ二号が扉の前から退いた。私たちは店内に戻った。

「何やってるの、こんなところで」

舞台の袖に近い、厚いカーテンの陰でココがいった。

「頼まれた仕事をしている」

ココの目が客席に注がれた。歓声があがり、イントロを吹く、ラリー・モーガンのトランペットが場内を一気に静まりかえらせた。

演奏が始まった。

ココが私に体を押しつけ、耳もとでいった。

「この中に地上げ屋がいるの!?」

「白いタキシードで挨拶をしていた」

ココの目がみひらかれた。

「嘘」

「八坂が黒幕だ。皆川組丸山一家の溝口という男が現場を動かしていた」

「皆川組の組長はそこにいるわ」

和服の老人だった。

「組長も潰すのか」

「馬鹿いわないで。あなた殺されちゃうわよ」

「君はラリー・モーガンの恋人なのか」

「ちがうわよ」

「それは残念だ。高校時代、レコードを二枚買った。サインしてもらえるかと思ったんだが」

「何いってるの」

ココの顔は青ざめていた。八坂が黒幕だとは、想像もしていなかったようだ。

「早くここをでた方がいいわ。さっきの二人は八坂のボディガードで皆川組ともつながってる」

目が泳いでいた。私はココの腕をつかんだ。

「じゃあ君はマネージャーなのか」

「ちがうわ。あたしは仕事できたといったでしょう。ラリーはあたしのボスの知り合いなの。だから同じ飛行機できたのよ」

「ボス？　コロンビア産の上物を八坂におろしているニューヨークの商売人か」

ココは息を呑んだ。

「どうしてそんなこと知ってるの――」

私は答えず、訊ねた。

「仕事をつづけるか、やめるか、決めてくれ。ちなみに今朝、君の実家の前には大小便がまき散らされた。親父さんがひとりで掃除をしていたよ」

ココは顔をこわばらせた。

「どうやって、止めさせるの？」

「さらって痛めつける。あの土地を狙う、別の地上げ屋のふりをして」

赤い唇に白い真珠がくいこんだ。

「できるの、そんなこと」

囁くようにいった。

「ミス・ココ」

なめらかで低い声が聞こえた。サングラスをかけた白人のボディガードが少し離れたところに立ち、不審げに私たちを見ていた。

「大丈夫、友だちなの。心配しないで」

英語でココは答えた。白人は頷いたが、その場を動こうとはしなかった。

「仕事だからな。君のボスはヤキモチ焼きのようだな」

「シチリア人は皆ヤキモチ焼きよ」

小声でいって、ココは頷いた。

「いいわ。やって」

6

非常階段を使って一階にあがり、ビルをでると止めておいた車に戻った。「ビレッジ・ブルー」には専用の地下駐車場が地下三、四階に設けられていた。

私が乗ってきたのは、黒塗りのメルセデスだった。タキシードをスーツに着がえ、「ビレッジ・ブルー」の地下駐車場に向かった。「満車」の表示がでていたが、かまわず進入した。

料金所には制服の警備員が二人いて、さらにテレビカメラまで備えられていた。

「満車です」

止めた警備員に、私は窓をおろし告げた。

「うちの社長にここで待てといわれたんです。邪魔にならないところに止めて、ずっと車にいますから入れてもらえませんか。こちらのパーティにでてて、たぶん少し早めに帰ると思うんですよ。いわれた場所でちゃんと待っていないと、どやされちゃうんです」

警備員は顔を見合わせた。ひとりがいった。

「わかりました。ただし料金はかかりますよ」

「もちろんかまいません。俺が払うわけじゃないから」

ゲートバーがあげられ、中に入った。地下三階まで下ると、ひときわ目立つ黄色のフェラーリが、店とのいききに使われるエレベータの前に止められているのが見えた。

そこから少し離れた場所にメルセデスを止めた。

パーティはまだ一時間かそこらはつづくだろう。だがラリー・モーガンの演奏が終われば早びけする客もいる筈だ。

二十分ほど待ったとき、駐車場用のエレベータから、二人の男が吐きだされた。スーツを着けているが、パーティに招待されるほど金持には見えない。それどころか、刑事以外の何者にも見えなかった。

運転席の窓がノックされ、おろすと警察手帳がつきだされた。

「原宿署の者です。ちょっとうかがいたいことがあるので、車を降りてもらえませんか」

言葉にしたがった。刑事は、通報があったので、といって私の身体検査をした。

「車の中も見せてもらっていいですかね」

「どんな通報があったんです？」

刑事は答えなかった。車内を調べる。道具はトランクの中に積んでいた。

「トランク開けて」

刑事を殴って逃げれば厄介なことになる。といって、トランクの中の拳銃が見つかれば、もっと厄介なことになるのはわかっていた。百万に目がくらんで仕事を急ぎすぎたかもしれないと後悔し始めたとき、エレベータホールからゴリラの双子が現われた。

「ご苦労さんです」

ゴリラ一号がいうと、刑事は頭を軽く下げた。

「いちおう見ましたがね。別に何ももっちゃいません。ああ、そうだ、免許証を見ていなかったな」

ひとりの刑事が手をつきだすと、ゴリラ二号が笑みを浮かべながら首をふった。

「あとはこちらでひきうけます。どうもご苦労さんです」

刑事が相棒を見た。相棒は小さく頷いた。

「わかりました。あとはお任せします。それじゃ、八坂さんによろしくお伝え下さい」

「会長はいつも感謝しています。署長によろしく、とのことです」

ゴリラ二号は私に目を向けたままいった。

刑事二人がエレベータに消えると、ゴリラ二号が、

「車のうしろに乗れ」

と命じた。一号がタキシードの内側からリボルバーを抜き、私の顔に狙いをつける。

ドアを開け、乗りこもうと身をかがめたときにゴリラ二号の手刀が私の首すじを襲

った。狙いすました、強力な一撃で、私は昏倒《こんとう》した。

湿ったコンクリートの匂いが強く鼻にさしこみ、目を開いた。直後、尖った靴先が私のわき腹に蹴りこまれた。

「おらっ、この野郎」

溝口だった。松葉杖で体を支えている。右足にはギプスが施されていた。はだけたシャツの下に、腹に巻いた包帯が見えた。

ガムテープでうしろ手に縛りあげられていた。右のあばらがひどく痛んだ。そこは作りかけのビルのフロアのようだった。周辺をフェンスでおおわれ、床に転がされた裸電球がふたつ、強い光を放っている。双子のゴリラと、タキシードを着た四十代のやくざ者が少し離れたところから私を見おろしていた。あばらの痛みは、ゴリラに投げ落とされたからだろうと思った。

「手前のおかげでよっ、今夜のパーティにでられなかったんだよ、この野郎！」

溝口は何度も私を蹴りつけ、そのたびにわき腹の傷が痛むのか、うっうっと声をたてた。ひとわたり蹴りつけると、身をかがめ、囁いた。

「駐車場のカメラに映ってたんだよ、お前のことは。下で生コン車が待ってるからよ。便所の床に埋めて固められるんだとさ。ざまあみやがれ」

タキシードのやくざが進みでた。

「うちの若い者をかわいがってくれたな。まず、名前を聞こうか」

「花森さんか——」

「俺の名前じゃねえ、お前の名を訊いてんだ！」

やくざが私の頭を蹴った。

「ジョーカー」

「何ぃ？」

「ジョーカー」

「わけわかんねえこといってんじゃねえぞ。おおかた、どっかの組に雇われた半端者だろうが、お前雇ったとこの名前がでるまで、ずたずたに刻んでやるからな」

ゴリラの双子が私の体を抱えあげ、壁からつきでた鉄筋の先端につき刺した。肩甲骨の下に二本の鉄筋の先が入り、体重がかかって、私は歯をくいしばった。

「いい根性してるじゃねえか。手首、足首切り落とされても、我慢できるかよ」

ガムテープを口に貼られた。チェーンソウをとりあげた花森がにやついた。ビニールのエプロンをつけ、防護用の眼鏡をかけている。

電話が鳴った。部屋の端に、携帯用のショルダーフォンがおかれ、それが鳴っているのだった。

花森はチェーンソウをおき、受話器をとった。

「はい。おう、兄弟」

相手の声に耳を傾けた。

「わかった。じゃ、早くこいや。さもねえと、ダルマさんになっちまうぜ」

受話器をおろし、ゴリラたちを見やった。

「お宅の会長、くるそうだ。恐がりだから、小便洩らさないといいけどな」

ゴリラたちはにやりと笑った。

「会長くるまで待ちましょう。少しはこういう現場見て、根性つけてもらわないと」

ゴリラ一号がいった。

「そうだな」

蹴られたのと磔《はりつけ》にされた痛みだけでも、何度か気を失いそうになった。

二十分ほどすると、八坂とココ、それに白人のボディガード二人が現われた。ボディガード二人はアメリカでもこういう現場を見慣れているようすだ。ガムをかみ、無表情に私を見つめた。

八坂は落ちつかなげに、何度も瞬《またた》きをくり返していた。

「おや、ココさんまできたんですか。そういう趣味があるとは思わなかったなあ」

花森が下品に笑って、ココを見つめた。ココはこわばった顔でいった。

「きたかったわけじゃない。でも、ジュゼがあなたの仕事ぶりを見てこいって」

「ほう。ジュゼッペ親分が。俺のこと、リクルートしてくれるのかな」

花森が嬉《うれ》しそうに笑った。

「こいつ、吐いたのか」

八坂がいった。こわごわ、私を見ている。

「まだだよ。兄弟がくるまで、待ってようと思って。さっきはいいショウ見せてもらったからね。今度はこっちがお返しに、大流血、残酷ショウをお見せしますよ。ラリー・モーガンにはかなわないが、どうだい、この音色！」

花森はチェーンソウのコードを引いた。ギューンという唸《うな》りがあがった。

八坂が私に近づき、口のガムテープを剝がした。

「お前、何なんだ。なんでうちの商売、邪魔するんだ。いえよ」

「俺の名前はジョーカー」

「誰に頼まれたんだ？」

「おろしてくれたら話す」

八坂は花森をふりかえった。

「駄目だ。どのみちこの野郎は殺す。何、足の一本もいでやりゃ、泣き喚《わめ》く」

八坂は私をのぞきこんだ。

「話しちゃえよ。その方が楽だ。楽に死ねる」

「そうだな。喋ってくれりゃ、頭に一発で、カタつけてやる」

「駄目っすよ」

溝口が声をあげた。口を尖らせている。

「楽に死なすなんて、とんでもないっす」

「黙ってろ」

花森がいった。

「だったらおろしてくれ。全部喋る」

ココが白人のボディガード二人のうしろにそっと隠れた。二人は四十代と二十代の組み合わせで、ホモのカップルのように見えた。お洒落で洗練された雰囲気をまとっている。

八坂がゴリラに手をふった。

私は壁から外された。刺さっていた鉄筋のせいか、両腕はほとんど動かせなかった。

「ようし。喋ってもらおうか」

そのとき、興味なさげに視線を外していた白人二人が、タキシードの内側から拳銃を抜いた。まず、花森を撃ち、それからゴリラ二人を撃った。鮮やかな手並みで、あっというまに三人の死体が床にころがった。つづいて溝口が撃たれた。

八坂が腰を抜かした。

「な、な、何すんだ」

「オーケイ、オーケイ。ストップ・イット」

ココがいった。青ざめた顔で、今にも吐きそうだった。八坂を見おろした。

「ごめんなさい。あなたがやりすぎてるって、ジュゼッペにいったわ」

「何で!?　俺は何もしてないじゃないか」

「そうかしら。あなたがつかまれば、ニューヨークにも捜査が及ぶ。今度つかまったら、ジュゼッペは二度とアメリカに入れなくなるの」

「俺が何をやりすぎたってんだよ」

ココは唇をかみ、八坂を見つめた。そしてボディガードをふりかえり、

「オーケイ」

と告げた。

八坂の悲鳴が銃声で途切れた。ココは背中を向け、耳を塞いでいた。銃口が残った私に向けられると、

「ノー！」

と叫んだ。白人二人は銃をおろし、不思議そうにココを見つめた。私が残されたのは、抵抗しそうな人間から殺していく、プロの手順にしたがっただけのことだった。

ココは私に歩みよった。

「大丈夫？」

「これができるのなら、なぜ、俺に頼んだ」

私は壁にようやく背中をもたせかけたところだった。

「あなたがつかまったって聞いて、大急ぎでニューヨークに電話したの。八坂が裏切って、警察にあたしのボスを売ろうとしていると作り話をした」

私は息を吐いた。

「なるほど。この連中は、ラリー・モーガンじゃなく、君のボディガードだったわけか」

「ボスには、あたしの最後の里帰りだからって許してもらった」

「で、俺も殺すのか。この連中は、目撃者を生かしておかないと思うぞ」

「あたしが説得する。たぶん疑われるだろうけど、ボスはあたしを愛しているだろうから大丈夫」

ココは見つめている白人二人をふりかえった。英語で告げた。

「彼を下まで降ろすから手伝って」

「それはまずい」

案の定、ひとりが口を開いた。「ビレッジ・ブルー」で私たちを見咎《みとが》めた男だった。

「生かしとくわけにはいかないんだ」

「大丈夫。あたしが保証する。彼はあたしが調査のために雇ったプロなの。ジュゼには、あたしから話をする」

男たちは顔を見合わせた。もうひとりが何ごとかをいいかけた。

「プリーズ！」

ココが叫んだ。涙声になっていた。最初の男が息を吐いた。

「オーケイ。ただし、ボスには報告させてもらう」

四十代の男とココが、私をビルの外まで連れていった。二十代の方は残って、撃ち合いがあったように見せかける工作をした。

そのビルは、西新宿《にししんじゅく》の再開発地域に作りかけられたものだった。あたりはすべて地上げが完了し、銃声を聞かれる心配もない場所だ。私のメルセデスが、フェラーリや他の車などと並んで、囲われた工事現場の空地におかれていた。

メルセデスの運転席にすわった。

ココが私の前にしゃがみ、小声でいった。

「あなたを送っていくことはできないの。彼らは日本で決してあたしをひとりにしないよう、命じられているから」

「きのうはどうやった？」

「酔い潰したの。あたしも寝るからといって、あとで部屋を抜けだした。時差ボケもあって、さすがに起きられなかったみたい」

私は頷いた。

「運転できる？」

ハンドルを握ってみた。わずかでも動かすと悲鳴が洩れそうになった。

「彼に送らせようか」

「やめておこう。二人になれば、奴は俺を殺す。プロだからな」

ココは頷いた。

「何とか帰るよ」

助手席の床に、オレンジ色の袋が落ちていた。

「それをとってくれ」

ココが車の反対側に回り、ドアを開けて拾いあげた。

「ひょんなことから買う羽目になった。君には安物だろうが、助けられた礼にプレゼントする。経費には計上しないでおく」

ココは袋を開き、中身を見ると微笑んだ。

「ありがとう。大切にするわ」

そしてすばやく私の頰に唇を押しつけた。

「いって。これ以上話していると怪しまれる」

私は頷き、メルセデスのエンジンを始動した。キィはさしこまれたままだった。

「お金はあれで足りる？　もう、会えないと思うけど」

だそうとするとココが叫んだ。窓をおろし、私は答えた。

「充分だ。何かあったらまた、訪ねてきてくれ」

歯をくいしばり、ハンドルを切った。ルームミラーの中で、ココの白い顔と金色の髪が遠ざかった。

7

ココとはそれきりだった。二度と会うことはなく、「折原」は左門町で営業をつづけた。三年後、主人が亡くなり、店は畳まれた。今はそこに大きなマンションが建っている。

「この手紙、なんて書いてあるんですか」

沢井が訊ねた。

「遺言の指示にしたがって、私あてに送る。故人は、終生、私への感謝と友情の気持をもちつづけた。今後は、故人の思い出にこの品を、私にもっていてほしい」

私はいった。沢井は一瞬沈黙し、

「死んじゃったんすか、彼女」

とつぶやいた。

「酒の飲みすぎによる肝硬変だったそうだ。そう、書いてある」

「寂しかったんですかね」

「わからん」

私はいって、ブレスレットを手にとった。買ったときの値段が思いもよらないほど、使いこまれ、安物のメッキぶりが露呈している。

「ブラック・ベルベット、作れるか」

「高い、すよ。払ってくれるんですか」

私は沢井を見つめた。

「わかりましたよ。折半にしましょう。店とそっちとで」

沢井が折れた。ブレスレットをカウンターにのせ、煙草に火をつけた。シャンペンの栓を抜くポンというかすかな音を聞き、外をふりかえると、すっかり日が暮れていた。

ジョーカーと「戦士」

1

「やっと見つけた！」

バーに入ってきた男は、私の顔を見るなりいった。二十代半ばの、ほっそりとした色の白い若者だった。垢抜《あかぬ》けたワインカラーの皮ジャケットに、ジーンズとTシャツを着けている。タレントのようにも見えるが、そこまで整った顔立ちではない。醜男《ぶおとこ》というのではないが、ひどく神経質そうな雰囲気があり、多くの女に好まれるタイプとはいえないだろう。

私には見覚えがなかった。カウンターの中の沢井も驚いたように若者を見つめている。

二月にしては妙に暖かな晩だった。例年にない暖冬で、すでに梅が満開になった庭園もあると、夕方のテレビで放送していた。

　バーに私以外の客はいなかった。遅めの夕食をとって、私がでてきたのが九時過ぎ、それから三十分としないうちにその若者がバーの扉を押し、中をのぞきこんで叫んだのだった。

「やっぱり本当だったんだ。ジョーカーのおじさん」

　沢井が目をむいた。若者は喋りながら私の隣のストゥールに腰をおろした。理由はわからないが、私に会えたのが嬉しくてたまらないようだ。

「何にしますか」

　沢井が訊ねた。

「え？」

　私の横顔を見つめていた若者は、存在に初めて気づいたかのように沢井を見直した。

「ここはバーですよ、お客さん。発展場じゃない。飲み物を言ってください」

　沢井の口調には明らかないやみがこもっていた。私が「おじさん」なら、当然沢井も「おじさん二号」になる。その気配を感じとっているのだ。

「ハッテン……？　あ、いやだなあ、僕はバイじゃありませんよ。ジョーカーさんを見ているのは、十五年ぶりに会えたのが、嬉しくてたまらないからです」

私はようやく若者を正面から見すえた。

「十五年前、あんたと会ったことがあるのか？」

「もちろん。僕は助けてもらった」

若者はきっぱりといった。私は首をふった。

「記憶がない」

「十五年前の僕が想像できないからでしょう。僕はおじさんの顔を覚えていた。だからひと目見てわかった」

沢井が咳《せき》ばらいした。

「よけいなことかもしれませんがね、面と向かって『おじさん』呼ばわりはどうかと思いますよ。それと飲み物の注文を」

「なんでいけないんだろう」

ひとり言のように若者はつぶやいた。妙に明るい口調だった。

「だってあの頃の僕は十一ですよ。ジョーカーさんがおじさんに見えたのは当然だ。あ、いけない。飲み物でしたね。ウォッカマティニのオンザロックを下さい。ダブルで」

沢井が眉をひそめ私を見た。私は小さく頷いた。グラスをとり、飲み物を作り始める。

「思いだせないですよね。当然です。アキバの駅の裏です。十五年前。キィワードをいいましょう。『クエスト・エンブレム』」

「テレビゲームの？」

沢井が訊き返した。

「テレビゲームだって、古いなあ。今はただ、ゲームとしかいいませんよ」

沢井の機嫌がさらに悪くなった。

十五年前の秋葉原《あきはばら》の駅とテレビゲーム。私は首をふった。

「残念だが思いだせないね。その『クエスト・エンブレム』というゲームについては尚さら心当たりがない」

「正確にいうと『Q・E』の『2』です。あの年、ファミコンの『Q・E2』が発売になって、春休みの僕は徹夜で並び、アキバの電器店で買ったんです。帰り道、駅裏の路地で高校生のグループに囲まれた。僕が電器店の袋をさげていたんで、『Q・E2』をもっているとわかったんです。カツアゲでした」

かすかな記憶がよみがえった。

仕事でたまに使う、無線発火装置の部品を秋葉原まで買いにいったことがあった。

その帰り道、子供の泣き声と、肉を打つ音に気づいた。

ビルとビルのすきまに、不釣り合いに厚い眼鏡をかけた半ズボンの少年が追いこまれ、三人の不良に囲まれていた。少年は泣きベソをかいており、頰《ほお》が赤く腫《は》れていた。それでも電器店のロゴが入った薄っぺらい袋を、奪われまいと強く抱きしめている。

少年の服装は、裕福な家庭に育ったとひと目でわかるものだった。毛皮の襟のついたハーフコートを着た小学生を、そのとき初めて私は見た。

チキチキ、という音がした。不良はどうやら高校生のようだった。制服を着ていて、ひとりがカッターナイフをちらつかせていた。

かかわりあう気などなかった。だが高校生が小学生をいたぶるというのは、あまり見たくない光景だった。

「何してんだ」

私は声をかけた。

くるりとふり返った三人は私を見て、目を丸くした。二人はバツの悪そうな表情になったが、カッターナイフを握っていた小僧だけはちがった。目つきも、あとの二人より悪い。

「関係ねえだろ、オジン」

「確かにな。そこの交番にいって、お巡りさんにいいつけてくるとしよう」

「はつるぞ、コラ」

大人びた口調でいった。

「どこでそんな言葉を覚えた。悪い大人と遊んでいるようだな」

いこうぜ、と仲間が袖をひいた。だが意地になったのか、小学生をふりむくといきなりカッターナイフで切りつけた。

コートの袖をナイフが裂き、小学生は悲鳴をあげてうずくまった。小僧が抱きしめていた袋をむしりとろうとする。

私は足を踏みだした。二人は仲間を捨てて逃げだした。カッターナイフの小僧は私に背を向け、

「よこせってば、ほら！」

袋を奪おうとしていた。

うしろからその襟をつかみ、足を払った。あっけなく小僧は尻もちをついた。目を丸くして私を見上げたが、一瞬後、三白眼《さんぱくがん》になって吠《ほ》えた。

「殺すぞっ、手前《てめえ》！」

張り倒した。

「馬鹿な真似してると、あと戻りがきかなくなる」

カッターナイフを、握りしめた右手ごと踏んづけた。顔を近づけ、ささやいた。

「指、折ってやろうか」

蒼白になった。掌《てのひら》がゆるみ、カッターナイフを離した。私は足をどけてやった。

立ちあがり、カッターナイフを残して走り去った。私はそれを拾いあげるとあたりを見回した。

騒ぎに気づいた人間はわずかだった。立ち止まっていた野次馬も歩きだした。カッターナイフを自分の袋の中にしまった。

「大丈夫か」

少年に声をかけた。病院に連れていかなければならないようなら、他の通行人に任せるつもりだった。

怪我《けが》はしていないようだ。コートの袖を裂かれただけだ。

少年はこっくりと頷き、眼鏡の奥で神経質そうな目をみひらいた。

「ありがとうございました」

かろうじて聞きとれる、細い声でいった。私は頷いた。

「じゃあな」

「住所、教えて下さい」

少年がいった。

「パパとママに話して、お礼してもらいます」

あまり好ましいいい方ではなかった。

「いらない」

私はいった。

「じゃ、名前」

私は返しかけていた踵《きびす》を戻し、少年を見すえた。

「お礼なんかいらないんだ」

「名前を教えて下さい。名前だけ」

別にどんな名前でもよかった。佐藤でも鈴木でも。だが魔がさしたという奴か、私は、

「『ジョーカー』」

と名乗っていた。名乗ったあと、そういう自分が馬鹿ばかしくなり、すぐにその場を立ち去った。

少年が何かをいったが、もうふりかえらなかった。

2

「あのときの子供か。眼鏡はどうした？　コンタクトに換えたのか」

「手術ですよ」

羽川《はがわ》と名乗った若者は答えた。

「レーザー手術を受けたんです。それまではコンタクトだったけど」

「小学生のときから十五年じゃ、わかるわけないですね」

沢井がいった。「おじさん」と私を呼んだ理由が少しは納得できたのか、さっきほど口調に悪意がない。

羽川は頷いた。

「『ジョーカー』と、あのときなぜいったのだろうって、ずっと考えていました。その場限りの名前なら、もっと別のいい方がある。マンガや映画の主人公にも『ジョーカー』なんてヒーローはいませんから。あとになって気づいたんです。『ジョーカー』は、おじさんの本当の名なんだって。それで今度は別の方法で捜しました」

「パパとママにお礼をしてもらいたくてか？」

羽川は首をふった。

「パパは自殺しました。土建屋だったんです。あの頃は羽振りがよかったけど、バブルが弾けてからおかしくなって。ママは、僕が中二のときにパパと離婚してます」

「そうか」

「インターネットで見つけたのが去年です。アンダーグラウンドの、いろんな情報がのっているページがあって、そこに着手金百万でどんなトラブルでも解決してくれる『ジョーカー』って人のことがのっていました。もうずっと昔から、六本木のバーをオフィスがわりにしていると」

私は沢井を見た。沢井は以前から、インターネットを使った客の募集に興味を示していた。

「俺じゃありません」

沢井は首をふった。

「それにはこの店の名がのっていなかったんで、一軒一軒、捜し歩いたんです」

羽川はいった。

「何のために」

私が訊ねた。

「もちろん、お仕事を頼むためです」

いって、羽川はジャケットの中から封筒をだした。

「お礼をいうだけなら、いつか時間のあるときにこの店を捜せばいい。でも、『僧侶』を、ジョーカーさんに助けてもらわなけりゃいけない――」

「『僧侶』？」

「あ、ごめんなさい。『僧侶』は、僕らのあいだのコードネームです。本当の名は池《いけ》井《い》といいます。ずっといっしょにやってきた、ゲームプランナーです」

いって、羽川は話を始めた。

小学生の頃からゲーム好きだった羽川は、中学に入ると父親にコンピュータを買ってもらい、さらにゲームにのめりこんだ。父親がほとんど家に帰ってくることがなく、母親が離婚してでていくと、さらにそれに拍車がかかった。離婚は、母親からの申し立てで、父親がそれに同意するにあたっては、母親が親権を放棄するのが条件だったという。

父親が自殺する大学二年のときにはもう、羽川はいっぱしのコンピュータプログラマーになっていた。そして大学を中退すると、ゲームを通じて知りあった仲間二人とコンピュータソフトの会社「エンブレム」を立ちあげた。社名は、三人を結びつけた「クエスト・エンブレム」にちなんだものだった。

「『Q・E』は、あれから七本がでていて、今の『Q・E9』は、オンラインゲームです」

「オンラインゲーム？」

「インターネットを通じて、複数の人間が同時に遊べるゲームです。『Q・E』は、ロールプレイングゲームなので、それぞれが自分の役割を決めてパーティを組み、冒険するんです」

私は首をふった。

「悪いがぜんぜんわからない」

「中世のおとぎ話の世界が下敷きになっている、ロールプレイングゲームです。架空の世界があり、そのどこかに悪い魔王が出現し、手下の魔物を使って、この世の支配を企む。主人公は、戦士、勇者、僧侶といった人たちで、それぞれに体力や攻撃力、魔法力のパラメータがあります。パーティを組んで、城や洞窟《どうくつ》、塔などのダンジョンを探険し、魔物を倒し、隠されたアイテムや宝物を見つけて、自分たちのレベルを高めていくんです。ボスキャラの魔王を倒せるレベルになるには、何十時間というプレイが必要です。レベルアップは、魔物のような敵キャラを倒すことで経験値を積まない限り、不可能だからです」

「倒すというが、どうやって？」

「戦闘です。たとえば勇者は、体力が高く、かんたんには死なず、武器を使った直接攻撃力も強いけれど、魔法が使えない。反対に僧侶は体力が低いけれど、魔法力があって、傷ついた仲間を回復させたり、レベルが上がれば一撃必殺の強力な攻撃魔法を使えるようになったりする。戦士は、攻撃力も魔法力もそこそこあって、バランスのとれたキャラクターです。パーティには他にも、武闘家や魔法使い、盗賊や商人といった職業を加えることができます。初期の『Q・E』は、主人公が三人だけ、戦士と勇者と僧侶で、僕らは互いにそれをコードネームにしたんです。僕ら三人を結びつけたのは、何といっても不滅のロープレ『Q・E』でしたから」

「戦闘もゲームの中でおこなうんだな」

「もちろんです。ゲームの登場人物はすべて、体力と攻撃力のパラメータが決まっています。体力１００の敵は、攻撃力10の直接攻撃を十回くり返せば死ぬわけです。レベルが高い者ほど、体力と攻撃力が高く設定されています。また戦闘で得る報酬をためて、高い武器や防具を買えば、それだけ有利にゲームを進めることができます」

「武器というのは？」

「基本的には剣や斧《おの》です。中世が舞台ですから。レベルの低いとき、木の棒しかもてなかった主人公は、レベルが上がるにしたがって、青銅の剣から鉄の剣、白銀の剣といったように、高価で攻撃力の高い武器を身につけられるようになるんです」

「剣と魔法の世界って奴ですか」

沢井が訊くと、羽川は頷いた。

「まさにそれです。武器と防具をそろえ、仲間を募《つの》って、主人公たちは、魔物を倒す冒険の旅にでる。途中、さまざまな敵と戦い、謎を解き、宝物を見つけ、やがて世界に平和をもたらすのです」

「ゲームそのものがずいぶん平和だ。主人公は決して死なず、悪者は最初から決まっている」

私はいった。

「主人公も死にますよ。パーティ全員が死んだらゲームオーバー、セーブしたところまで戻ってやりなおしです。ひとりふたりの死者なら、寺院に戻ってお布施《ふせ》を払えば、生き返らせてもらえますが」

「魔物も生き返るのか」

羽川は首をふった。

「死んだ魔物は生き返りません。『Q・E』では」

「それがそんなにおもしろいゲームなのか」

「やっているあいだは夢中です。中学・高校と、僕は『Q・E』の新作がでたら、クリアするまでは学校にいきませんでした。『僧侶』や『勇者』もそうで、電話やメールのやりとりをしながら、誰が一番でクリアするか競争しました。たいてい『僧侶』が一番で、『戦士』の僕が二番でした」

「君が『戦士』か」

私が羽川を見つめると、恥ずかしそうに笑った。

「ゲームの世界では。いや、現実の世界でもそうです。僕はそこそこ営業もできるし、ソフトの開発にも能力があった。池井は、営業はからきし駄目だけど、コンピュータに関しては抜群でした。室山《むろやま》は逆で、営業手腕はすごくて、プレゼンの天才だけど、コンピュータのことは初心者止まりです。だから室山のコードネームは『勇者』」

三人で作った会社「エンブレム」は、一時はITバブルの波にのり、業績好調だった。だがITバブルが弾けたとたんに怪《あや》しくなった。

「ITバブルなんて、昔を忘れられない大人たちのお祭りでした。土地と名がつけば何にでも金が流れこんだように、コンピュータのコの字も知らないオヤジたちが、ITというだけでお金を回しっこしたんです」

受注が減り、業績が悪化すると羽川らは、十人近くいた社員プログラマーを順次解雇した。それでも新しい仕事が決まらず苦しくなって、闇金からの借金でその場をしのごうと試みた。業績が悪いからといって、技術者の全員を解雇してしまったら、仕事が受注できない。仕事がなくとも、最低限の人員には給料を払いつづけていかなければならない。

「死んだ父親のことを思いだしました。会社にあったショベルカーやダンプをカタに回転資金を借りてたんですが、利子の支払いが滞《とどこお》ると、それをとられる。とられたら、土建屋は仕事にならない。さらに下請けの作業員たちの給料も払えず、結局、首を吊ったんです」

「そのあたりの話なら、ゲームとちがって俺でも理解できる」

「いよいよ、うちが苦しくなったとき、金融屋がもってきた話がありました。それを手伝えば、借金を棒引きにしてやるといって――」

インターネットや携帯電話を使った詐欺《さぎ》への技術面での協力だった。携帯電話の「ワン切り」ソフトの開発や、インターネットのエロサイトにアクセスした利用者に法外な〝利用料〟を請求する。

「あいつらのバックはやくざですから、そんなにコンピュータに詳しい人間はいないんです。本当はやりたくない仕事でしたけど、このままじゃ僕や室山が腎臓とか売らなきゃいけなくなるっていうんで、池井がやるよっていってくれたんです」

池井は、金融屋が用意したマンションにいき、そこにおかれたコンピュータを使って、彼らのシノギに協力した。池井のその方面の知識と技術はかなりのものだったらしく、相当の〝収益〟をやくざたちはあげたという。

「連中は本当に借金をチャラにしてくれました。それどころか、今後は連中と〝提携〟しないかと誘われて。でも池井と相談して、その件は勘弁してもらいました。

断われなかったとはいえ、僕らは悪いことをしたんです。魔物を倒してこの世に平和をもたらすのが使命の『Q・E』のパーティが悪事に加担するなんて、許されることじゃない。ところが、一週間前、突然池井と連絡がとれなくなって。家にもいないし、携帯もメールもつながらない。そうしたら、会社のコンピュータにきのう、メールが届いて、『さらわれた』って。『家の近所のコンビニにでかけたところをさらわれて目隠しされ、知らないところに閉じこめられてる。コンピュータがあって、ネット上のカード決済情報を盗めと強要されている。助けてくれ』とありました」

「さらったのは、金融屋の仲間か」

「わかりません。すぐにそいつらに連絡したんですけど、『俺たちは知らない。妙なアヤつけるんじゃねえ』って、威《おど》されました。『警察いったらお前らも手がうしろに回るぞ』と。ジョーカーさん、『僧侶』を助けて下さい」

私は煙草に火をつけ、沢井を見た。

「まっとうな仕事じゃないですか」

「数えろ」

沢井がおかれたままだった封筒を手にとった。中の札束を数え、

「あります」

といった。

「君の会社には何人残っているんだ、今」

「とりあえず三人以外は、全員、給料とわずかだけど退職金を払って、やめてもらいました。『勇者』――室山は今、再出発のためのスポンサー捜しをしています」

「この件について彼は知っていたのか」

「ええ」

羽川は頷いた。

「くやしがっていました。自分は一番無能だって。魔法が使えないから、何の手助けもしてやれない」

「魔法？」

「コンピュータのことです」

私は首をふった。彼らが〝進んで〟いるのか、〝遅れて〟いるのか、わからなくなったからだった。

3

「エンブレム」のメンバーに詐欺の片棒を担がせたのは、カレンダーグループという高利貸しの一社だった。カレンダーグループは、「一月産業」から「十二月産業」までの十二社、さらに「月曜会」から「日曜会」までの七社、計十九社があって、根はひとつだ。

翌日、私は南青山一丁目にある「六月産業」のオフィスに向かった。乃木坂の駅に近い賃貸ビルの三階ワンフロアを「六月産業」は借りていた。

一見すると高利貸しとはわからないオフィスだった。神棚や虎の敷皮、模造刀などのインテリアは、今どきはやらないようだ。

ずらりとパソコンが並び、妙に派手な若い男女が向かっている。これだけは昔とかわらず、男たちはネクタイを締めていても、光りものをやたらに身につけ、崩れた雰囲気を発散していた。とはいえ、この連中が〝本職〟でないことは目つきを見れば明らかだった。

取り立ての際に多少のドスをきかせるため、雰囲気だけを真似ているのだ。実際に盃《さかずき》をもらっているような手合いは、人目につく場所をうろちょろはしない。

「いらっしゃいませ」

茶色い長髪に金のネックレスという、闇金よりもホストクラブが似合いそうな若造が私を迎えた。やたらに日焼けしていて、おそらくは相当金をかけたであろうまがいものの前歯がまっ白だ。

「須賀《すが》さんにお会いしたい」

羽川に話をもってきた「六月産業」の顧問の名をいった。須賀は、羽川らに名刺も渡さず、顧問だと名乗ったという。いっしょにいたのは「六月産業」の社長だが、闇金の社長はポルノショップの店長といっしょで、たいていの場合、逮捕要員の使い捨てだ。

「須賀でございますか」

若造は気取った表情でくり返し、顔をしかめた。

「当社の人間でしょうか」

「顧問だそうだ」

若造の口もとから薄っぺらい笑みが消えた。

「失礼ですがお名前を」

「ジョーカー」

「は？」

「ジョーカーだ」

若造の目が冷たくなった。

「お名前をおっしゃられない方のおとりつぎはできません。お引きとりいただけませんか」

「立派だ。すぐにはすごまないあたり、カレンダーグループが、闇金の優良企業といわれているゆえんだな」

若造はわずかに頷いた。

「どうぞ、こちらに」

別室へと案内された。ソファも何もない、殺風景なただの部屋だ。床にカーペットもしかれておらず、リノリウムがむきだしだ。ただし、扉は分厚い。

「少々お待ち下さい」

私をそこに残し、若造はいなくなった。やがて、腰回りが妙に太い、ずんぐりとした男二人が現われた。毎日焼肉を食い、ジムで上腕筋を鍛えているのだろう。せいぜい空手くらいはやっていたかもしれない。だが、地方の暴走族あがりといったところが関の山だ。

若造よりは少し年が上、三十前後といったあたりだ。

「もう一回、名前、聞かせてもらえますかねえ」

ひとりがぞんざいな口調でいった。高そうな紺のスーツを着ているが、襟もとでゆるめたショッキングピンクのネクタイがそれを台なしにしている。

「ジョーカー」

そいつは首をふった。

「あんまりとぼけたこと、いわんで下さいよ。素姓のよくわからん人を上に会わせたら、俺らヤキ入れられちゃうんすから」

「大丈夫だ。おたくらのバックにいる恐いお兄さん方の中には、私の名を知っている人も何人かいる」

二人は無言で顔を見合わせた。はったりだと信じて疑っていない目だった。

「どんなアヤなんすか、いったい」

「アヤじゃない。ある人間を捜していて、その人の行方をつきとめるには、顧問の須賀さんに会わなきゃならん」

「それをアヤっていうんじゃねえのかよ！」

黙っていた相棒が唸った。私は息を吐き、いった。

「悪いことはいわんから、須賀さんにジョーカーがきたと伝えろ。もし須賀さんがジョーカーの名を知らなかったら、もう少し上の人に訊いてもらえ」

「ふざけんな、この野郎」

「怪我せんうちに帰って下さいよ」

言葉ではすごむが手をだしてはこない。これではらちがあかない。私は首をふった。

「悪いな。恨まんでくれよ」

一歩踏みだし、すごんでいる方の下腹を蹴りあげた。かがんだところを髪をつかみ、鼻を膝で潰す。もう片方は喉を突いて、片方の鼓膜を平手打ちで破った。

部屋をでた。廊下の壁に若造がよりかかっていた。片手をズボンのポケットにつっこみ、片手で携帯電話をいじっている。私を見ると、目を丸くした。

「ひとりは鼻の骨が折れ、ひとりは片方の耳がしばらく聞こえない。あんたのせいだ」

携帯電話が床に落ちた。私はそれを拾いあげ、さしだした。

「須賀に電話しろ。さもないとお前の両耳と鼻を潰す」


「あれあれ……」

二十分ほどでやってきた須賀は、リノリウムの床の部屋をのぞいて首をふった。年齢は、三十四、五だろう。最初の若造といっしょで茶色い長髪だが、目つきがまるでちがった。煙ったような、決して考えを読みとらせない目だ。

「すみませんね。ものを知らない社員がご迷惑をおかけして」

「いや、申しわけないのはこっちだ。ただこうしないとあんたにとりついでくれそうもなかった」

須賀はスーツではなかった。黒革のパンツに、革のブルゾンを着けている。足もとはバイク乗りがはくようなブーツだ。細い眼鏡をかけていた。

「まあ、ジョーカーさんと聞いてわかんのは、あるていど年季のいった人間でしょうから。私も正直、お噂だけで。本当にそういう人がいるのかどうか、本家の人に訊いてみたいと思ってたんです」

「おたくの本家はどちらだ」

「神奈川ですよ。高井戸組っていいまして、輝和連合の直参です」

「知っている人はいるかもしれん。だが俺の名をいったとたん、その人に不機嫌になられても困る」

「不機嫌ならいいんですけど。チャカ渡されて、『奪《と》ってこい』っていわれたら困っちゃうんで……」

須賀は微笑んだ。この男を〝本職〟と見抜ける者は少ないだろう。

「奇妙な話だ。玄人《くろうと》の格好をしたがる素人《しろうと》に会社をやらせて、あんたは素人みたいななりが好きらしい」

「すんません」

須賀は腰をかがめた。

「預かり中の身なんすよ。修業してこいって親にいわれました」

「親はどこだ」

須賀はにっと笑った。目は笑わない。

「いいじゃないすか」

「西だな」

私はいった。うまく隠しているが、かすかに関西訛《なま》りがある。

須賀は再び笑った。

「どうも偽の関西者がこっちは多いんすよ。それで私に向かって怪しい関西弁で唸る、もんですから、嫌になっちまう」

「そんなときは本物の関西弁、教えてやるのか？」

「最後にね。まあ、死ななきゃわかんないような連中ですから」

須賀は目を細めた。

「それで、どういうご用件でしょう」

「『エンブレム』の池井だ」

須賀は目を閉じ、息を吐いた。

「あれは失敗だったな。ヤクネタになっちまった。素人さんだから、きれいに口を塞ぐのはどうかと思ったのが、甘かった。あそこの社長でしょう。おたくさんに駆けこんだのは。うちじゃありません、誓って」

「どこかがさらったのは、まちがいない」

須賀は頷いた。

「今日び、使えるエンジニアは、頭の悪い兵隊百人より稼ぎますからね。エンジニアひとり、兵隊ふたりで、月に五百万がとこ稼いでる組もあるそうで」

「遅れたITバブルか」

須賀は目をそらした。

「もうそろそろしまいどきでしょうね。お上もそれ専門の刑事さんを揃えてますし」

「池井は家の近くでさらわれた。細かいことを知っている人間が売ったのだろう」

「うちのシノギに関しちゃ、全部素人を使うことにしてます。素人はうたいますが、知らないことまではうたえない。池井さんは、私がそれ用のところに連れていきました。食いものやら何やら面倒をみたのは、使い走りの見習です。ただし名前から何から一切訊くな、といいつけてありました。だから、私しか知らないんですよ。こちら側では、あの人の細かいことを」

「あんたが売ったというのはないいな？」

須賀は首をふった。

「よそに儲けさすくらいなら、埋めますよ。こういう時代ですから。パイの大きさは決まってる。自分らがやってないシノギでも、どこかがでかく儲けたら、必ず皺《しわ》寄《よ》せがくる。うちの親がそういう考え方でしてね」

「心当たりがあるなら教えてくれ」

「そいつはいろいろマズいんじゃないですか」

「どうかな。池井を私が連れて帰れば、そこのシノギは潰れる。長い目で見りゃ、そっちの得にもなる」

初めて須賀の目が笑った。

「いいすね、それ。調べときます」

4

須賀から連絡があったのは翌日の晩だった。羽川は、なぜかその夜もバーに現われていた。妙なつきぶりに、沢井が小声でいった。

「どうもね。父親とまちがえてんじゃないすか」

「よせよ」

バーの電話が鳴った。沢井がとり、

「はい」

と答えたあと、

「どちら様でしょうか」

訊ねた。目の動きで、それが私あてであるとわかった。送話口をおさえ、

「須賀という男からです」

沢井がいうと、羽川が腰を浮かせた。怯《おび》えた表情になっている。羽川にはこれまでの経過を話していた。

私は受話器をうけとった。

「かわった」

短く告げると、須賀がいった。

「うちからの情報洩れはありませんでした、やはり」

「確かか」

「見習とはいえ、素人の頭、カチ割って確かめたんですぜ」

楽しそうに須賀はいった。

「これであいつがうちにくることはありません。今日び、この業界も使える新卒が少ないんですよ。そこまでやったのに信じてもらえないんすか」

「信じよう。じゃ、どこから池井の話が洩れた」

「案外、足もとかも。他からは借りちゃいなかったんですか。そこにいるんでしょ、『エンブレム』の社長は。訊いてみたらどうです」

「よく知ってるな」

「口を塞ごうかどうしようか、実は今も迷ってるんです。そんなにお喋りなら、おたくさんがせっかく助けても、またよそがもってくかもしれない」

「待て」

羽川を見た。

「他の闇金とつきあいはあったか」

「ありません」

羽川は首をふった。羽川は、「うちじゃない」という須賀の言葉を信じていなかった。

「ないそうだ」

私は電話にいった。

「そうですか」

気になるニュアンスで須賀はいった。

「池井をもってったところですがね、ひとつ心当たりがあるといえばあります。信じてくれますか」

「微妙だな。そっちが潰したがっているだけの、ただの商売敵《がたき》かもしれん」

須賀はくっくと笑った。

「そう思われるだろうと、先回りしていったんですよ。確かに商売敵だが、一番クサいところでもあります」

「聞こう」

「ネットでデリヘルをやってる『ファンシーワンワン』て店があるんです。ネット専用の店で、客はホームページからアクセスする。女もそこで選ぶんです。玉がそろってることもあって、かなりの人気店です。オープンしたのは、半年くらい前なんですが。そこのケツモチは、けっこうコンピュータをシノギに使うのが好きだって話です」

「『ファンシーワンワン』だな。そこにおたくの傘下のデリヘルが客をとられてるというわけか」

「客だけならいいですよ。女の子を抜かれているんです。といっても、直接、引き抜くわけじゃない。女の子どうしで情報のやりとりがあって、あっちが稼げるっていうのでごそっと移られちまった。引き抜きなら、うちもでていけますがね、女の子の自由意思じゃどうにもならない。クラブのホステスの方がよほど締められますよ。風俗の子にそれをやると、いちころでお上がでてくる」

「調べてみる」

「羽川社長にいっといて下さい。もう二度とうちの話をしないでくれって。さもないと、帰りがけ、表で待っている人がいます」

「わかった」

電話を切った。

「コンピュータをもっているか」

羽川に訊ねた。羽川は頷いた。

「ここからインターネットにアクセスできるか」

「できます」

「『ファンシーワンワン』というデリヘルにアクセスして、誰でもいい、女の子を呼べ」

「ここにですか」

私は沢井を見た。

「勘弁して下さい。この先、坂を下ったところにレンタルルームがあります。看板をだしてないけど、一部屋一時間五千円で借りられます。もぐりで、マンションの十階から上の二フロアをレンタルルームにしているんです。夜景がきれいだとかで、オヤジにけっこう人気があるみたいで……」

「電話番号わかりますか」

羽川が足もとにおいたバッグからノートパソコンをとりだして訊ねた。

「ええ」

沢井はいって、電話の横においたアドレス帳をとりあげた。

「そんなのまだ使っているんだ」

驚いたように羽川がいった。私はいった。

「そういえば、須賀からの伝言だ。自分のことをあまり喋って回るようなら、迎えの者をよこすといってた」

「守ってくれますよね」

余裕のある表情で羽川はいい、パソコンを開いた。

「一年三百六十五日、あんたが死ぬまでお守《も》りをすることはできない。須賀は、今日じゃなくて来週でも、来年でも、あんたの口を塞げる」

羽川の手が凍りついた。

「じゃ、僕はどうすればいいんですか」

「約束を守ることだ」

「守ってるって、どうやったらあの人にわかるんです」

「さあな。聞き耳をたてているのだろう。素人を殺すのは高くつくから、あまりやりたがらない奴が多い。やるのなら、中国人あたりに頼むのじゃないか」

震えあがった。

「どうしよう」

「半分威しで、半分本気だ。約束を守ることだ」

須賀は私を使って羽川に威しを入れようとしているのだ。腹立たしいが、私も彼の素人の部下を二人、傷つけた。そのお返しをさせろ、という意味にちがいない。もし羽川がまだ喋りつづけるなら、羽川と私の両方の命を狙ってくる。そのときは警告なしだ。特に私の命を狙うときは。

久しぶりに見た、できるやくざだった。

「わかりました」

「もうひとりの『勇者』はどうだ。喋らないでいられるか」

「室山とはこの三日間、会ってないんです。アメリカまでスポンサー捜しで飛ぶかもしれないっていってたから、あっちかもしれません」

パソコンの画面に目を通し、

「メールもきてないし」

といった。

「携帯電話は？」

「ずっと電源が切れてます」

「室山と池井は仲がいいのか」

「もちろんです。同じパーティですから」

「『六月産業』を見つけてきたのは誰だ？」

「室山です。同業他社の知り合いから教えられたっていいました」

私の質問の意味に気づいたようだ。

「まさか。そんなのありえませんよ。『勇者』ひとりじゃ戦えない」

「『僧侶』もいるかもしれんぞ」

「『戦士』が欠けちゃ駄目です。『Q・E』は、『戦士』と『勇者』と『僧侶』、この三人がそろって初めて、パーティが冒険の旅にでられるんだ」

強く首をふっていった。

「わかった。『ファンシーワンワン』にアクセスしてくれ」

私はいった。

5

二時間後、レンタルルームの入ったマンションからでてきた娘が送迎の車に乗りこむのを見て、私は駐車場からとってきた車のエンジンをかけた。

娘は二十一、二で、私の趣味でないことを別にすれば、須賀のいう通り〝上玉〟だった。羽川が実際に楽しんだかどうかはわからないが、たぶん楽しんだろう。

「ファンシーワンワン」は確かに繁盛《はんじょう》しているようだった。拾った娘はそこから十五分ほど走った、恵比寿《えびす》のラブホテルに届けられた。送迎の車には別の娘も乗っており、白金《しろかね》のマンションで降ろされる。

女の子が待機用の事務所に戻るのを尾行するつもりだったが、それを待っていたら朝になりそうだ。

送迎車のドライバーは、四十五、六のおとなしそうな男だった。以前はこうした宅配風俗のドライバーは、都内の道に強い、タクシー運転手崩れなどが多かったが、今はカーナビのおかげで、素人でもつとめられる。ありふれた国産のセダンにもカーナビシステムがついていた。

その後も、車が別の女の子を拾い、他の客に届け、といういききを二度ほどくり返すのを尾行し、荒っぽいやり方をとるしかないかと思い始めた頃、ようやく車は〝事務所〟に向かった。

思うに午前零時になって、〝遅番〟の女の子が出勤してきたのだろう。ＯＬや学生などがアルバイトで宅配風俗づとめをする場合、帰宅してひと眠りしてから出勤するという生活パターンをとりがちだ。水商売や店舗型の風俗とちがい、客の回転率が高くなるのも、日付がかわってからが多い。

「ファンシーワンワン」の事務所は、五反田《ごたんだ》のホテル街に近いマンションにあった。なぜ電話を使わず、インターネットのみで営業しているのかはわからない。おそらくは摘発をうけたばかりで、ビラ配りなどの派手な動きをしづらかったのだろう。

オートロック式のマンションの出入口からでてきた娘が二人車に乗りこむのを見て、私は自分の車をとめた。

もちろんこのマンションが、「３Ｐ」好きのただの客の住居という可能性もある。

もしそうなら、私はかなりの間抜けで、羽川にリピーターになってもらう他ない。だが羽川は、呼んだ娘から聞いた、「事務所は五反田にある」という話を私の携帯電話によこしていた。もちろん羽川にそこまで頭が回ったわけではなく、私がそう訊けと指示したのだ。

「ファンシーワンワン」が、ただのケツモチとしてどこかの組とつきあっているだけなら、須賀も名前をあげなかったろう。おそらくは、経営にも組がさわっているのだ。とすれば、営業の終了時間になれば、売り上げを回収にくる人間がいる。

それは朝になる筈だ。「ファンシーワンワン」のホームページによれば、最終受付は四時、となっている。とすれば最後の女の子が店に戻るのが五時半から六時。売り上げの回収はそれ以降ということになる。

マンションには、ときおり女の子が戻ってきた。送迎用の車は全部で四台走っており、ドライバーはいずれも素人だ。

四時を過ぎると、五、六人の娘がマンションをでてきた。今日はこれ以上客がつかないと見て、帰されたのだろう。その後戻ってきた娘も、一度マンションにあがり、間をおかずでてくる。

最後の娘が戻ってきたのが、五時二十分だった。さすがに最後まで客がつくだけのことはあり、かなりの美人だった。

その娘が売り上げを納めてマンションをでていってから十分後、黒のセルシオがやってきた。金色のアルミホイールをはかせ、窓の全面をスモークフィルムでおおっている。

セルシオからは二人のチンピラが降りてきた。私は車内でスーツに着がえ、コートを着こんでいた。

彼らよりわずかに早く、マンションの入口をくぐった。オートロックの前に立ち、コートのポケットからだした鍵束をじゃらつかせた。酔ったふりをして、体を左右に揺する。

チンピラ二人が入口をくぐってきた。鍵穴にさしこもうとした鍵束が私の手をすべり、床に落ちた。それを拾い、インターホンの前を塞ぎながら、げっぷをした。うしろに立つ二人に気づかないふりをして、鍵をひとつひとつ、確かめた。

「どけや」

ひとりが私の肩をつかんだ。

「ん？」

「邪魔なんだよ、おっさん」

二人とも二十をいくつか過ぎただけの使い走りだった。車はたぶん、兄貴分のを借りたのだろう。そんなに長距離だったら貸す筈はないから、彼らの事務所もこの近所にちがいない。

「開けてくれるんすか」

「いいからどけ、コラ」

私をつきとばし、チンピラのひとりが「五〇一」のボタンを押した。インターホンからは返事がかえることもなく、オートロックが開いた。

「こりゃ、ラッキー」

私はいって、彼ら二人につづいて自動ドアをくぐった。二人は舌打ちしたが、私を叩きだそうとはしなかった。

エレベータに乗りこんだ。彼らより先に私は五階のボタンを押した。二人は顔を見合わせたが無言だった。

エレベータは最後に降りた。二人が「五〇一」に向かって廊下を歩いていくのについていった。かなりの世帯数の入ったマンションだ。

「おい」

チンピラが立ち止まってふり返った。

「どこまでついてくんだ、おっさん」

「『五〇一』」

私はいって、コートのポケットから三十八口径のリボルバーを抜きだすと、そいつの右目に押しつけた。

「オモチャじゃない。お前らは本物を見たことくらいあるだろうから、わかるだろう」

低い声でいった。

「何だよ！」

「大きな声だすな。いいから『五〇一』にいくんだ。今のところ、誰もハジく予定はない。お前らさえ、いうことを聞けば、な」

もうひとりのチンピラを先に歩かせ、「五〇一」のドアの前に立った。インターホンを押し、少し待つと、ドアロックが解かれた。

「入れ」

三人で連れだって中に入った。女がひとり、三和土《たたき》にいた。

「何なの!?」

濃い化粧をした三十七、八の女だ。ホステスが着るようなスーツを着けている。

「何なの、あんた！」

「姉《ねえ》さん――」

ひとりが口走った。

「姉さん……」

私はうしろ手にドアをロックし、女の顔を見つめた。

やくざ者が好む女の顔立ちには、たいてい共通点がある。まず派手めで化粧映《ば》えがすること。それにいざとなれば自己犠牲をいとわない性格の強さがあらわれていれば、ほぼ完璧だ。奇妙な話だが、ヤキモチ焼きの女を彼らは好む。ヤキモチが、男に対する献身という形で発揮されるケースが多いからだろう。

「するとあんたの旦那は、どこかの組のいい顔というわけだ」

私は告げた。室内にはもうその女以外は誰も残っていないようだ。

「どこの馬の骨か知らないけど、こんな真似してただですむと思わない方がいいわよ。今なら組には黙っといてあげるから、そのチャカしまって帰んなさい」

なかなかの肝っ玉だった。私は首をふった。

「申しわけないが、こちらの用事は、その組にある」

「あんた正気なの。それともどこかの鉄砲玉？」

チンピラ二人の表情が青ざめた。

「鉄砲玉ならわざわざここまできやしない。下でこの二人をハジいて帰ればすむ。だいぶ繁盛しているようすだが、売り上げをいただこうというのでもないんだ」

「じゃ、何なの!?」

私は答えず、チンピラ二人の背を押し、リビングに入った。パソコンが二台と、携帯電話が四台、大きなテーブルにおかれていた。

隣りあった六畳間に、クッションや座布団が並べられ、スナック菓子の袋がザルに盛りあげられている。女の子たちの待機部屋のようだ。

私はチンピラ二人から携帯電話をとりあげた。

「何するつもりか知らないけど、覚悟はあるんでしょうね」

女は冷たい目になっていった。私はコートのポケットから布製のガムテープをとりだし、女に投げた。

「これでおたくの若い衆の両手両足と口を塞いでくれ。手加減はなしだ。いいカッコしようなんて気を起こしたら死人がでる」

「ふざけんじゃないわよ。人を撃ったことなんかないくせに」

「何にでも初めてということはある。俺は初めてじゃないが、あんたが初めてだと信じたいなら、今日をその初めてということにしてもいい。いずれにしろ、撃つときは頭を狙うからそのつもりで」

「何者なの!?」

「話してもいいが、そうするとあんたら三人を殺す結果になるが、いいか」

「待って下さい、姉さん」

チンピラのひとりがかすれ声でいった。

「こいつはふつうじゃねえ。マジ、やばいっすよ」

「何びびってんのよ、あんた――」

いったものの、女の顔に初めて怯えが浮かんでいた。

チンピラ二人のあとは、女を私が縛りあげた。そして待った。

三十分ほどすると、チンピラのひとりがもっていた携帯電話が鳴りだした。私はそれを無視した。

今度はテーブルにおかれた携帯電話の一台が鳴り始めた。それも鳴るままに任せておいた。

二台めが鳴り止むと間をおかず、もうひとりのチンピラの携帯が鳴った。私はとりあげ、着信ボタンを押した。

「何やってやがんだ!?　どこだ、今」

男の怒声が聞こえた。私は切った。電話の電源を切る。最初のチンピラの携帯電話の電源も切った。

テーブルの携帯電話が鳴った。私はとった。

「おい、神田たちと連絡とれねえんだ。そっちいってないか」

同じ男の声がいった。

「そっちてのはどこだい」

私は答えた。男は一瞬黙った。

「――誰だ、お前」

やがていった。

「誰でもいい。おたくがさらった人間と三人を交換しようじゃないか」

「何?　何の話だ」

「コンピュータの専門家だよ」

「わけわからねえこといってんじゃねえ」

「ここにいる連中の体に訊いてもいいがな。おたくの奥さんの鼻柱が強いんで手こずりそうだ。多少傷モノにするがかまわないか」

「殺すぞ、この野郎」

「話す気はないんだな」

「待て、こらっ」

電話を切った。電源も切る。そこにある電話すべての電源をオフにして、私は部屋をでていった。

6

十分もしないうちに、ベンツ二台とグロリア一台が猛スピードでマンションの前までやってきて、血相をかえた男たちが中になだれこんだ。

そのようすを向かいのビルのかたわらに止めた車から見守った。一時間ほどすると、女とチンピラを連れて男たちがマンションから現われた。あたりを見回し、止まっている車を一台一台、のぞきこむようにチェックする。私の乗った車にも、やくざがひとり近づいてきた。

運転席と後部の仕切り部分にしかけをしたワンボックスカーだ。外から見ると運転席は無人に見えるが、マジックミラーで内部からは外がうかがえる。のぞきこむやくざに微笑んでやりながら、私はスーツを脱ぎ、別の服を着こんだ。

セルシオを含む四台がそのマンションを離れたのは、それから数分後だった。セルシオのハンドルは、ベンツの一台に乗ってきた、大柄の四十がらみの男が握った。助手席に女を乗せ、走りだす。

私はセルシオを追った。四台の車は、第二京浜を五百メートルほど走ったところで左折した。一方通行の道を二十メートル進んだ場所に、三階建の褐色《かっしょく》のビルがあり、その前で四台が次々と停止するのが見えた。「ファンシーワンワン」にきた二人のチンピラと女は、他のやくざにつき添われて褐色のビルに入った。だがセルシオのハンドルを握った男は降りず、ベンツに乗っていた別のやくざを乗せて、すぐに発進した。ベンツから乗り移った男は携帯電話を耳にあて、何ごとかを話している。

セルシオは、そこからさほど遠くない、目黒不動《めぐろふどう》前のマンションの前で止まった。マンションの前には、スウェットの上下を着けたチンピラが腕を組み、寒そうに足踏みしながら立っていた。二人を迎え、建物の中に入っていく。最近建てられたと覚しい、真新しいマンションだった。おそらくインターネットの対応設備も整っているのだろう。

私は少し離れたところにバンを止め、羽川を呼びだした。今いるところを知らせ、すぐくるように命じた。

三十分ほどで羽川はやってきた。タクシーでこいと命じたので、車を降りてからきょろきょろとあたりを見回している。私はバンの後部のスライドドアを中から開け、手招きした。気づいた羽川は目を丸くして、乗りこんできた。

「どうしたんですか、こんなところで。あっ、すごい、マジックミラーなんだ」

「まだ寝ていなかったのか」

「いつも寝るのは、昼近くです。昔から夜の方がさえているんで」

「『僧侶』や『勇者』も？」

「『僧侶』は僕といっしょです。『勇者』は……、あいつは夜、弱いんです。そのかわり、朝に強い。やっぱ、営業向きですよね」

「そこのポットにコーヒーが入っている。ほしけりゃ飲め」

「訊いていいですか、何してるんです、ここで」

私は返事をしなかった。羽川はがっかりしたようすも見せず、紙コップにコーヒーを注《つ》いだ。

「いやあ、きのうの子、かわいかったですよ。ああいうのがあるんだ、初めて知りました。風俗って、もっとおばさんばかりかと思ってた……」

「楽しんだか」

「ええ。でもなんでです？」

「知らなくていい」

特徴のあるエンジン音が轟《とどろ》いた。マンションの建つ坂を黄色のフェラーリが登ってきたからだった。

「あれっ、嘘だろ……」

羽川がつぶやいた。

「知り合いか」

「え、ええ。でもそんなわけないよな。アメリカにいる筈だし……」

「『勇者』の車なのか」

羽川は頷いた。

「でも、売ったっていってたのに」

「売ったが、売った先からとり戻したのかもしれん。いいことをすれば、ごほうびがもらえるからな」

フェラーリは、セルシオのうしろに路上駐車した。運転席から降りたった若者を見て、

「やっぱりそうだ……」

と羽川はつぶやいた。

黒のなめし革のコートを、ハイネックのセーターとコーデュロイパンツの上に羽織っていた。全部を黒でまとめ、顎の先に薄いヒゲを生やしている。ヒゲは若く見られないためだろう。お洒落《しやれ》で、いかにも〝業界人〟風に見えるいでたちだった。

「いこう。声をかけてやるんだ」

私はいってスライドドアを開いた。

羽川がまず降り、少し遅れて私がつづいた。

くったくのない口調で羽川が呼びかけた。フェラーリのドアをロックしていた若者は、その声に凍りついた。

『勇者』――」

ふりかえって羽川を見た。

「せ、『戦士』……」

「何やってるの、こんなところで。アメリカで見つかった？　出資してくれるところ」

羽川はたたみかけた。「勇者」は立ちすくんでいる。

「ち、ちょっと、知り合いに呼びだされて」

「勇者」は口ごもり、羽川の背後に立つ、私に気づいた。

「こちらは？」

「この人は――」

説明しかけた羽川の言葉をさえぎり、私はいった。

「俺のことはどうでもいい。『僧侶』のところにこいと命じられたのだろう」

「え」

羽川が目をみひらき、私と「勇者」を見比べた。

「『勇者』がくるのを待っていたんだ。『勇者』がいないと、このマンションには入れないんでね」

「勇者」――室山は唇をわななかせた。私はその肩をつかみ、目をのぞきこんでいった。

「いこうじゃないか」

オートロックでは、カメラの死角に立つよう、心がけた。インターホンを押した室山が名前を名乗ると、返事もなく自動ドアが開いた。私は羽川と室山とともにエレベータに乗りこんだ。室山が最上階である九階のボタンを押した。

ようやく羽川も事態に気づいたようだった。

「どうして、どうしてなの、『勇者』」

エレベータの中で、問いかけた。室山は無言だった。

エレベータが停止すると私は降りようとする室山の肩を押さえて訊ねた。

「何号室だ」

「九〇一、廊下の一番奥です」

私と目を合わそうとせずに室山は答えた。

「ひとつ答えろ。『僧侶』は知っていたのか」

「な、何をですか」

「『勇者』が裏切って自分を売ったことを、だ」

「たぶん、今は……」

「なぜだよ！」

羽川が室山の肩をゆさぶった。

「なんでパーティを裏切ったのさ」

室山は答えなかった。

「金だ」

私がかわりに答えた。

「ゲームの世界での魔法は、現実の世界の金なんだ。魔法が使えないぶん、金が欲しかった、そうだろ」

室山は小さく頷いた。

「馬鹿っ」

羽川が叫んだ。私は指を立て、静かにするよう命じた。

「もういい。下に降りて待っていろ。『僧侶』が降りてきたら、三人でどこかにいき、あとのことを相談しろ。ただし、『勇者』はここの組の奴らに追われることになる」

「そんな、勘弁して下さい」

室山が初めて私を見た。

「あいつらは、俺の家も車も、みんな知ってるんです。殺されちゃいます」

私は拳銃をとりだして、握りを室山に向けた。

「じゃあこれを貸してやる。たぶん『僧侶』以外にいるのは三人か四人だ。皆殺しにすれば、お前は追われない」

室山は目をみひらいて拳銃を見つめた。

「『勇者』だろ。戦闘力は一番だ」

私はいった。室山は小さく首をふり、やがてそのふりが大きくなった。

「できない、そんなことできっこない……」

私は羽川を見た。羽川は不信と悲しみの混じった目で室山を見つめている。

私はエレベータを降りた。

「ここで待っていろ。ドアが閉まらないようにして待つんだ。いいな」

室山は答えなかった。羽川が「開」のボタンに手をかけ、頷いた。

廊下を進んだ。奥の部屋のドアの前に立ち、のぞき穴を指でふさいでノックした。

ドアが開けられた。スウェット姿のチンピラだった。左手にもったスタンガンを喉にあて、引き金をひいた。バチッという音とわずかな煙があがり、ものもいわずに昏《こん》倒《とう》した。

チンピラをまたぎこえ、奥へ進んだ。正面のリビングに、セルシオに乗ってきたやくざが二人いた。

「何だ、手前――」

「ゲームの登場人物さ」

私はいって、三十八口径で二人の足の甲を撃ち抜いた。

リビングに面したドアが開き、奥の小部屋から日本刀をもったチンピラがとびだしてきた。奥に、並んだコンピュータ類が見える。

「捨てろ」

三十八口径を向け、告げると日本刀を投げだし、床にへたりこんだ。スタンガンの一撃を与え、そのチンピラも片づけた。

体臭と食物の臭いがこもった小部屋に、坊主頭に眼鏡をかけた若者がいた。コンビニエンスストアの弁当類やスナック菓子、出前のピザの残骸などが散らばっている。怯えた表情で私を見ていた。

「『僧侶』か」

小さく頷いた。簡単には逃げられないよう、腰に鎖を巻きつけられ、南京錠でコンピュータデスクの足に固定されている。

日本刀をふりかざしていたチンピラのスウェットから鍵をとりあげ、錠を解いた。

「お前、こんな真似して、ただですむと思うなよ……」

セルシオの運転席にいた男がひざまずいて唸った。

「女房とセリフがいっしょだな」

私はいい、三十八口径を男の額に押しつけた。男の目が広がった。

「死んだら寺院にいってお布施を払うといい。生き返らせてくれるそうだ。ただし魔物は駄目らしい」

「何だと、何の話をしてやがる」

「ゲームの話だよ。『クエスト・エンブレム』、知ってるだろう」

「ふざけんな」

「あのコンピュータでは稼げたのか」

男は私をにらんだ。

「輝和連合か。手前、高井戸組の鉄砲玉だな」

私はスタンガンをとりだした。

「いったろう。ゲームの登場人物だよ」

火花が飛び、男は白眼をむいた。残るひとりに向きなおった。

「わかった、うちのやり方がマズかった」

男は早口でいった。

「おたくの金のなる木をさらったのはあやまる。痛み分けにしようぜ。だから、ここはひいてくれ」

私は頷いた。スタンガンを使い、男はうつぶせに倒れこんだ。

「僧侶」を連れ、部屋をでた。銃声が騒ぎを起こしている気配はなかった。インターネットだけでなく、防音設備も整っているマンションだ。

「須賀さんのところの人なんですか」

「僧侶」が訊ねた。私は答えず、廊下を進んだ。エレベータは待っていなかった。一階にある。室山が怯え、羽川を説得したようだ。

ボタンを押した。無人の箱があがってきて、扉が開いた。

一階まで降りた。室山と羽川はおらず、かわりに須賀が立っていた。

「鮮やかなもんですねえ」

首をふり、いった。

「何しにきた」

私はコートの中で拳銃を握った。ここで羽川と室山、私を殺せば、須賀はあとの憂いなく、死ぬまで「僧侶」を働かせられる。

「迎えですよ、迎え。やっぱり素人の口は恐くてね。羽川社長をお迎えにきました」

私は息を吐いた。

「消すのか」

「とんでもない。社長と、そちらの池井さんには新しい会社を手伝っていただく」

この男は室山が池井を売ったのを知っていたにちがいない。

「営業担当は？　どうする」

須賀は目を細めた。

「必要ないっすね。よそとつながりのある社員を入れたら、トラブルのもとですよ。ま、ご心配なく。そちらの処分は、私の方でやりますから」

「わかった。連れていけ」

私は「僧侶」の体を押しやった。

「須賀さん……」

「おうおう、ひどい目にあいましたね。もう大丈夫ですよ、うちがちゃんと面倒みますから……」

「僧侶」はごくり、と喉を鳴らした。が、何もいわず、須賀に肩を抱かれ、出口に向かった。

フェラーリのうしろにランドローバーが止まっていた。車の趣味まで、やくざ離れしている。その後部席に羽川がいた。室山の姿はない。

「じゃ、これで」

ランドローバーの助手席に「僧侶」を乗せ、須賀はいった。

「あの車はどうする」

私はフェラーリを目で示した。須賀は微笑み、できたばかりのマンションをさした。

「名義が九階の連中のじゃ、もらって帰っても意味ありませんよ。どうせ乗る人間もいないんだし」

「二人は殺すなよ」

「もちろんですよ。ひとりならともかく、パーティ全員が死んだら、『クエスト・エンブレム』はゲームオーバーだ。私もね、あれのファンなんですよ」

じゃ、と手をふって、須賀はランドローバーを発進させた。

それをただつっ立って見送った。たとえ死者を生き返らせる寺院があるとしても、「勇者」のためにお布施を払う者はいない。

現実のゲームオーバーは、ひとりひとり、ばらばらにやってくる。

ジョーカーと亡命者

1

六月に入ったばかりだというのに、まるで真夏の熱帯夜を思わせる、むし暑い夜がつづいていた。

「ふつうならこの時期、エアコンはいらないのですけれどね」

沢井がぼやいた。年代物の空調機はそろそろ引退をしたがっていた。ぶるぶると本体を震わせ、汗のように配管の途中から水が落ちてくる。

「この調子でどんどん暑くなったら、やっぱりとりかえないと駄目ですかね」

「この調子で暑くなるのなら、ビアガーデンに商売替えすべきだな。もう一杯、ビールをもらおうか」

私は答えた。沢井は嫌な顔をした。ここでの私の飲み代は、沢井に払う「経費」に含まれる。薄い水割りの方が、店にとっては安上がりだ。

「もっといい商売がありますよ。空調屋なんてどうです。猛暑になりゃ、あちこちで修理や取付のお客が増える」

ドアが開いた。シャツの色がかわるほどぐっしょりと汗をかいた男が立っていた。色白で太っており、ネクタイが首にくいこんでいる。年はまだ四十に届いてなさそうだが、額が大きく後退していた。度の強い眼鏡をかけていて、肩からさげたショルダーバッグを重たげにずりあげた。訛の強い英語で訊ねた。

「ミスタージョーカーはここにいますか」

「俺がそうだ」

私は英語で答えた。訛から中国人だとわかった。中国系アメリカ人ではなく、あとから覚えた英語だ。

男は目をみひらき私を見た。右手をさしだそうとして、バッグをとり落とした。

「秦《チン》です。トニー・秦」

カウンターにバッグがあたり、どすんという音がした。秦は、あっという声をたてた。

私は空中で止まった手を握った。ぽってりとした指は、ふくらみかたも濡《ぬ》れぐあいも、引きあげたばかりの水死体を思わせた。

沢井が眉をひそめ、秦を見つめた。秦がすわると、カウンターにも汗が滴《したた》った。大急ぎでバッグを開けた秦はパソコンを中からとりだした。

「よかった。三千ドルもしたコンピュータなので壊れたらどうしようかと思って」

秦は笑みを見せた。沢井の興味が秦からパソコンに移った。

「高そうなパソコンですね」

「三千ドルだそうだ」

「これが私の名刺です」

秦は私たちのやりとりを無視して、名刺をさしだした。表は英文で「イースタン・ネットワーク、社長、トニー・チン」と書かれ、裏に「秦東方」という漢字の名が刷られていた。電脳という文字が入っているところを見ると、コンピュータ関連の会社らしい。住所はカナダのバンクーバーだ。

「カナダからきたのか」

「はい」

秦は頷いた。

「生まれたのは中国の北京《ペキン》ですが、十五年前にフランスに亡命しました。いろいろとあって、その後カナダに移り、カナダ以外の国に旅行できるようになったのは、この五年間くらいです」

「亡命……」

気づいた。

「天安門事件だな」

「そうです。鄧小平が死んでからは、共産党も『反革命暴乱事件』という言葉を使わなくなりました。今はただ『六・四』といいます。あの国はいつだって長老が死ぬまでは、過去の失策を認めないのです。文化大革命も第一次天安門事件も、毛沢東が死んでから初めて、まちがいだと認めました。もっとも共産党は、『六・四』をあやまちだとはまだ完全には認めていませんが」

秦はいって、コンピュータのカバーを開いた。操作し、画面に写真を映しだすと私に向けた。

まだ二十そこその秦と若い女、そして二人より少し年長の男の三人が天安門広場に集合したデモ隊の中にいた。鉢巻《はちまき》をつけ、膝をかかえてすわりこんでいる。

「一九八九年六月二日の写真です。この二日後、人民解放軍は我々学生や一般市民に発砲しました。当初、北京市長の陳希同は死者はいなかったと発表しましたが、すぐにそれは偽りだったと明らかになりました。正確な数字は確かではありませんが、私が見ただけでも千人以上の人が殺されました」

「どうやってカナダへと逃げた？」

秦はわずかに目を伏せた。

「密航船を使ったのです。『六・四』から四ヵ月後、マカオに私たちは脱出しました。ポルトガル海軍とイギリスとフランスの情報機関がマカオで待っていました。アメリカはこの作戦にはノータッチでした。『六・四』のとき、アメリカ大使は休暇をとっていて北京にいなかったのです。それが偶然なのか、故意なのかはわかりませんが」

秦は目をあげた。

「私たちは幸運でした。『六・四』の仲間の中には、政府転覆陰謀罪で投獄され、刑務所で死んだり十年近くでてこられなかった人間もいます。私はフランスからカナダに移って、インターネット関連の会社を立ちあげました。今は一千万ドル以上の財産をもっています」

そこまでの金持には見えなかった。

「天安門事件で中国を離れた人間は、皆そんな金持になったのか」

「まず生きのびること、それが祖国を民主化へと導く闘争の第一歩でした。生きのびられなかった者もたくさんいます。私のようにインターネット事業で成功した仲間は、アメリカに多い。他にも大学教授や評論家になっている人間もいます。総じて、まだ若くて順応する力のあった者ほど成功し、そうでない人ほど祖国を離れてから苦労しました」

秦はいって、ジャケットの内側から封筒をとりだした。

「着手金が百万円、殺人以外のことならどんな困難な仕事でもひきうける、とあなたを推薦した弁護士はいいました。彼女を捜しだしてほしいのです」

画面に映っている女を示した。

「日本にいるという確証はあるのか」

秦は頷いた。

「インターネットで、中国民主化をすすめる活動家を支援するホームページをひらいている人物がいます。その人物は『六・四』のときは十九歳で、イギリスを経由して今は日本に住んでいると自己紹介していました。もちろん性別や本名を明らかにしていないのですが、『元宵《ユアンシアオ》』というハンドルネームを見て、もしやと思ったのです」

「『元宵』？」

「中国では旧暦の一月十五日にもち米のあん入り団子『元宵』を食べる、古い習慣があります。この『元宵』は団子の名になっていますが、もともとは漢の武帝に仕えた、団子作りの名人の女性の名です。家族にも会えず、身投げして死んでしまおうとしていたところを賢者に救われ、その団子作りの才で宮廷の危機を救ったことから、団子の名が『元宵』と呼ばれるようになったという故事からきています。彼女は、淑《シュウ》花《ホア》は、一月十五日の生まれで、この『元宵』が大好物だと話していました。天安門広場でハンガーストライキをしていたとき、要求が通ったら、好きなものをお腹いっぱい食べよう、と約束したんです。そのとき彼女があげたのが『元宵』でした」

秦はパソコンの画面をかえた。中国語のホームページがあった。そこに「元宵」という署名が記されている。

「それだけか」

「メールを送りました。いっしょにマカオへ脱出した秦東方だと。会いたいといったのですが、返事はきませんでした。警戒しているのだと思います。中国大使館教育処の目が光っているからです。教育処は、国家安全部のカバーで、国外に住む中国人を監視するのが仕事です。もし『元宵』の正体を知ったら、妨害工作をしかけてくるでしょう。中国国家安全部は、海外に住む留学生を五種類に分けています。民主化活動をおこなう第五類は反政府分子と決めつけ、容赦なく攻撃を加えよという指示が国家教育委員会からだされています」

「返事がなかったのは、まるで心当たりがなかったからかもしれない」

秦は首をふった。強い目をしていた。

「『元宵』は淑花です。捜せばわかることです」

私は再び三人の写真に戻ったパソコンの画面に目を落とした。

「中国人のネットワークを使って彼女を捜すことはできません。私自身が反政府分子として、安全部にはマークされていますし、『元宵』が淑花であるとわかれば、当然彼女にも安全部の手がのびる。日本人であるあなたに頼む他ないのです。もちろん調査の過程で、中国人に『元宵』を捜していると知られてもいけません。たちどころに安全部があなたをつかまえにくるでしょう」

「この男はどうなった？」

三人目の男を私はさした。二人よりやや年長で、カメラのレンズが眩《まぶ》しいとでもいうように、顔をうつむけている。

「彼とはマカオで別れたきりです。その後どうしているのか。香港にいったという噂も聞きましたが」

秦の声が冷たくなった。

「牟《モウ》といいました。学生ではなく、労働者でした」

写真の頃はとにかく、今はあまり好意を感じていない口調だった。恋仇《こいがたき》だったのかもしれない。深く訊ねるのはやめ、カウンターにおかれた封筒を沢井におしやった。

「数えろ」

秦の目は封筒を追わなかった。画面の女を見つめている。

「淑花は十九歳でした。今はだから、三十四になります」

百万円の金を惜しいとは思わないほど金持か、よほどこの女に執着しているのか。あるいはその両方か。

確かに写真の女は美人だった。切れ長の涼しげな瞳をまっすぐカメラに向けている。

「日本にも中国人の女はたくさん住んでいる。本名を使わず、ビザももたない人間が多いが」

私はいった。

「だがビザをもっていなければ、見つかれば中国に強制送還されます。淑花にとって、祖国は住みやすい土地じゃない。たとえ十五年という時間がたっていても」

秦は首をふった。

「そうなれば、日本人と結婚しているかもしれん。それでも会いたいと思うのか」

秦の目が私をそれた。しばらく宙を見つめ、やがて答えた。

「それでも会いたい。十五年間、淑花のことを一度たりとも、忘れたことはありませんでしたから」

「確かにあります」

沢井がいった。私は頷き、秦に告げた。

「連絡先をおいていってくれ」

2

「元宵」が淑花だと仮定するなら、なぜ日本にいるのかが疑問だった。天安門事件当時、マカオはポルトガルの植民地だ。隣接する香港は、イギリスの植民地であったことに加え、歴史的にもヨーロッパの情報機関の勢力が強い。アメリカはベトナム戦争当時、タイをCIAなどの活動拠点とした。結果、外郭に位置する香港は、イギリスやフランスなどの情報機関の活動の中心地となった。

イギリス情報機関の手引で亡命を果たしたなら、淑花にはイギリス国籍が与えられた可能性が高い。そのままイギリスにとどまっていた方が、彼女には安全かつ快適であった筈だ。なのにわざわざ日本に住んだのか。

考えられる第一の理由が、結婚だった。配偶者が日本人か、日本に居住しなければならない立場の男だったのだ。

次に考えられる理由は、淑花自らがイギリス国内にとどまるのを拒んだ、というものだ。

情報機関は人権団体ではない。その手引をうけて亡命した者は、当然見返りを要求される。中国国内情報、反政府活動の実態などに加え、はなはだしい場合は、以後の中国情報の分析を課せられる。

わずか十九歳の〝反政府活動家〟が重要な国家機密を握っている筈はない。おそらく彼女に求められたのは、最低限の情報提供だけだったろう。ただし、そこで見返りをよしとするほど情報機関は甘くない。年齢と経験を考えれば、活動の継続を要求されたにちがいない。経歴に加え、淑花には容貌がある。〝反政府活動〟の象徴として、西側情報機関にとってかなり使いでのある存在となるのが予測できる。

が一方で、淑花がそれを望まなければ、彼女にとってイギリスはさほど暮らしやすい国ではなくなる。イギリス情報機関は、淑花を意に従わせるべく、さまざまな圧力をかけるにちがいないからだ。

その結果が日本在住だとするなら、淑花の現在の立場は決して安定したものではない。「元宵」としての活動には危険が伴う。

秦の言葉通り、淑花を捜すのに在日中国人のネットワークを使うのは考えものだった。十九歳の〝美しき活動家〟であった淑花の顔は、日本人が考える以上に中国人に知られている可能性が高く、その淑花を捜すという仕事は、中国国家安全部の興味をひどく惹《ひ》くものになるだろう。


翌日、私は赤坂のマッサージハウスにいた。経営者も従業員も中国人で、近ごろ珍しい健全な中国式マッサージ店という評判の店だ。

健全なのには理由があった。

窓のない店内は、カーテンでそれぞれが仕切られ、隣の客とは顔を合わせないですむようになっている。開店前の午前十一時、私は案内されたマッサージ台に腰をおろし、呼びだした相手を待っていた。やがて不機嫌そうな大男が現われ、私には一瞥《いちべつ》もくれずに衣服を脱ぐと、仕切りを開けた隣のマッサージ台に横になった。店の暗がりからひっそりと中国人の女が二人現われ、大男の体にとりついた。百キロはあるだろう巨体をのせたマッサージ台はきしみ、マッサージが上半身下半身の両方で始まると、さらにきしんだ。

店におかれている客用のパジャマは、大男には小さすぎた。はみでた両腕両足にびっしりと刺青《いれずみ》が彫《ほ》られている。

「カタいね、剣崎《けんざき》サン」

「そうだろう。駄目なんだ、暑くなると。汗をうまくかけねえからよ、具合が悪くなっちまって」

中国人の女と大男は私を無視して会話していた。

「足の裏もカチカチよ。肝臓、膵臓《すいぞう》、全部駄目ね」

下半身のマッサージを担当している女もいった。

「しょうがねえ」

剣崎はいって唸り声をたてた。私は無言でマッサージを見守っていた。やがて剣崎は寝返りを打ち、私を見た。

「ジョーカーってのは、あんたか」

「そうだ。朝早くに悪かった」

「いいよ、別に。こうクソ暑いと、二、三時間で目がさめちまうんだ。エアコン入れると、寒くて寝てらんねえし。で、何の用だ」

「中国人の女を捜している」

剣崎は、ふんと鼻で笑った。

「捜してる奴はいっぱいいるだろうさ。何をやった？　客の金、ひっぱって逃げたか」

「そういうのじゃない」

剣崎は上半身を起こした。

「なんで俺のとこ、きた」

「この店は、今どき健全で有名だそうだ。女もマッサージがうまくて、客にすぐまたがったりはしない」

「そうかい」

「きれいな商売をするには理由がある。だからあんたは仕事のできる中国人を東京中から集めている」

剣崎はゆっくりと太い首を回した。

「理由って何だ？」

「それは知らない」

小さいが、決して愚かには見えない目が私を見すえた。クスリのあがりを洗うために剣崎が組から任されているのがこの店だった。洗うためには繁盛させなくてはならず、それにはカードをスキミングしたり、風俗サービスで稼ぎたがる女を入れるわけにはいかない。繁盛しても警察に目をつけられたら終わりだからだ。

「俺のこと、誰から聞いたっていったっけ？」

「港交易の社長だ」

元赤坂警察署の警部で、監察の内偵が始まる前に退職した男だった。赤坂界隈《かいわい》のやくざには重宝され、今も嫌われてはいない。

「あの人か。確かに以前は世話になった」

「あんたが日本人じゃ一番、中国人の女に詳しいそうだ」

剣崎は顔をしかめた。

「よせよ」

「ホントね。剣崎サン、彼女いっぱいいるし」

足の指をひっぱっていた女がいった。

「痛《いて》てっ」

「目も疲れてるね」

「あんたに写真を見せたい」

「見たってわかりゃしねえよ。何人いると思ってんだ、東京に。それに化粧や髪型でいくらでも化けられる。いいハゲ見つけりゃ、整形だってうけられる」

「整形の必要はないくらいの美人だ」

「こいつらに見せろよ。こいつらの方がいっぱい知ってらあ。おい、痛えって！」

「我慢する。あとで気持いいよ」

「あんたに見てほしい」

剣崎は目を閉じた。

「俺はよ、モメごと起こしちゃいけねえって本部にいわれてる。目立っちゃマズいってことだ。だからって、朝も早くから、よくわからねえ野郎に、中国女の写真を見ろって、強制されなきゃいけねえのかよ」

紹介してくれた男の話では、頭も切れるが手も早い、ということだった。今の時代、手が早いのはほめ言葉ではない。組は、剣崎の頭だけを欲しがっている。

「人助けなんだ」

穏やかに私はいった。

「しゃあねえな」

剣崎はいって目を開いた。女たちに首をふった。

「ちょっと外せや」

女たちは無言で引きあげた。私は秦が淑花だけをトリミングし、プリントアウトした写真をとりだした。剣崎はマッサージ台にとりつけられたライトの光を強くした。

「この写真は十五年前のものだ」

「おいおい……」

「たぶん本名は使っていない」

「お前、正気か。そんなんで俺にわかるわけないだろうが」

いいながら写真に目を落とした。すぐに目を離す。ため息を吐いた。

「参ったな」

「知っているのだな」

「よく似てるのはひとり知ってる」

「どこに――」

「やめとけ」

私の言葉をさえぎった。

「あんたがどういう人間か知らん。ジョーカーって男の噂は聞いたことはある。借りがあるのと恨みのある奴の数は同じくらいだそうだ。あんたが本物のジョーカーだとしても、この女にはかかわらない方がいい」

「理由を教えてくれ」

「簡単だ。男が悪い。口説《くど》いて手首を落とされた野郎が、俺が知っているだけでも二人いる」

「男の名前は？」

剣崎はあたりを見回した。カーテンの陰で誰かが立ち聞きしていないかを確かめたようだ。

「武《ぶ》だ。一番荒っぽくて、一番でかいグループの頭《かしら》を張ってる。どこの組も、武のことだけはことをかまえない。黒竜江省《こくりゅうこう》や遼寧省《りょうねい》出身で固めた文字通りの武闘派だ」

「どこへいけば会える？」

剣崎は首をふった。

「それを知ってどうする？　奴の手下は百人はいる。その大半が軍隊あがりで、腕の立つ奴ばかりだ。ちょっとでも嗅ぎ回ろうものなら、即座に消される」

「じゃあなぜこの女の顔を知っていた」

「一度だけ会ったことがある。子連れの中国人ホステスのために託児所をやろうとして、相談をもちかけられた。日本人の名前が必要なんで貸してくれといわれた。捜したが、相手が武がらみとわかると、誰もうけなかった。結局、立ち消えになった筈だ」

「じゃあ連絡先を知っているんだな」

「よせよ、俺から聞いたなんてことになったら、えらいことになる」

「迷惑はかけない」

「かけられても、あんたがくたばったあとじゃ文句のいいようがない」

「その話が生き返ったことにしろ。俺をこの女に紹介してくれればいい」

「断わる。武にはかかわりたくない。奴とかかわってるとわかっただけで、逃げだす中国人がいっぱいいる。本部からも奴にだけは触るなって通達がでてる」

剣崎の目は真剣だった。

「警察はずっと武を追いかけてる。だが奴は自分じゃめったに手をよごさない。そりゃ兵隊が百人もいりゃ、その必要はないわな」

「武に用はない。用があるのはこの女の方だ。どこかの店で働いているならそれだけでいい」

「働いちゃいない。囲われ者なんだ。武はこの女にベタ惚れだ」

「電話番号だけでいい」

「いけよ。もう話はない」

私は息を吐いた。

「いいか。あんたは充分とはいわないが、必要最低限の情報をくれた。俺はそれを材料に、新宿や大久保を嗅ぎ回ることもできる。どのみちそうなったら武の耳に入るだろう」

「手前《てめえ》、俺を威《おど》してんのか」

剣崎の声音《こわね》がかわった。

「そうじゃない。俺にとってこれは仕事だ。あんたに警告されようがされまいが、俺はすべきことをする――」

剣崎の腕がのびた。見かけによらず、素早い動きだった。私の喉をつかみ、ひきよせた。

「厄ネタになる前に、埋めておくか」

私は剣崎の腹に押しつけた三十八口径の撃鉄を引きあげた。カチリという響きに剣崎の腕が止まった。

「撃てるものなら撃ってみろや」

剣崎はすごんだ。私は剣崎の目を見つめた。銃をおろし、撃鉄をそっと元に戻した。

「やめておこう。悪かった」

剣崎は手を離し、荒々しい息を吐いた。額に汗の玉が浮かんでいる。

「忘れてくれ」

私はいった。そのままカーテンをはぐると、剣崎が止めた。

「待てや。携帯の番号なら教えてやる。中国人を恐がる腑抜けだと思われたくねえ」

私はふりかえった。いいのか、とは訊かなかった。確かめられるのを侮辱と感じる男もいる。

マッサージ台のかたわらに吊《つ》るした上着から携帯電話をとりだし、メモリーを確認して番号を教えた。

「助かった。恩に着る」

「そのチャカ、本物だろうな」

「もちろんだ」

「奴とかかわるなら一挺じゃ足りないぞ」

「覚えておく」

私は頷いた。

3

二日後、私は淑花の住居をつきとめた。渋谷《しぶや》の松濤《しょうとう》に建つ高級マンションだった。携帯電話の発信電波をキャッチする中継局をもとに張りこんだのだ。淑花が囲われ者なら、外出する機会は少なく、長時間同じ中継局が電波をキャッチしている筈だと踏み、電話会社の人間に金をつかった。中継局に近いスーパーに淑花は姿を現わした。ボディガードは連れておらず、自分でメルセデスを運転していた。

マンションはオートロック式で、地下にスポーツジムを備えている。

四日間、淑花の行動を観察した。買物とスポーツジム、そして渋谷のインターネットカフェに足を運んだ。ジムとインターネットカフェには連日通っているようだ。どちらの従業員とも顔なじみで、気軽に言葉を交している。

インターネットカフェを使うのは、「元宵」の正体を特定されるのを避けるためだろう。

午前中の一時間をジムで費し、午後二時を過ぎると淑花は渋谷にでかけていく。化粧は薄く、サングラスをかけ、ジーンズにキャップをかぶっていることが多い。日本語は堪能で、十五年前に比べると明らかに洗練され、より美しくなっていた。

秦は私に依頼をした二日後、バンクーバーに戻っていた。私は国際電話をかけた。

「どうやら見つけたようだ」

「本当ですか。本人と話しましたか」

「いや、まだ接触はしていない。あんたの了解をとってから、と思ってな。彼女は現在、在日中国人の有力者の愛人になっている」

「有力者……」

「そう。それも実業家とはややちがうタイプだ」

その言葉で秦は意味を察したようだ。

「危険な人物なんですね」

「彼女と親しくなろうとして、片手をなくした男がいるという噂だ。それでも会ってみたいか」

秦は沈黙した。やがて訊ねた。

「彼女は、ひどくかわっていますか」

「以前より美人だ。贅沢《ぜいたく》を楽しんでいるようには見えない。ひとりで行動していることが多い」

おそらくは秦が知りたかったであろう答を告げた。

「そうか……。よかった」

「毎日のようにスポーツジムとインターネットカフェに通っている。そこで短時間でなら、話すことができるだろう」

「明後日なら日本に向かえます。私をそこに連れていってくれますか」

「わかった。場合によってはすぐカナダに戻る覚悟をしておくことだ」

その夜、住居にしているアパートを食事のためにでたところで待ち伏せをうけた。歩いていると何かが背中にチクリと刺さったような気がして手をのばした。プラスチック製の矢だった。なぜ、と思ったが一瞬で意識を失った。


ひどく寒い上にやかましい部屋だった。寒いのは、古い業務用の空調機の吹きだし口の前にすわらされているからで、やかましいのは窓のすぐ外を猛スピードで車がいきかっていたからだ。

キャスターのついたオフィス用の椅子に私は縛りつけられていた。両腕を肘かけにガムテープで固定され、足首をぐるぐる巻きにされている。

口の中に苦い味がして、後頭部が痺《しび》れていた。がらんとした何もない部屋は、オフィス用のビルの一室のようだった。窓の外は首都高速道路で、おそらくは三階か四階の、高架と同じ高さにある部屋だ。窓にはブラインドが下がっているが、羽は細めに開いている。

痛めつけたい人間を連れこむにはいい部屋だった。どんなに叫んでも、ここでは窓の外の騒音にかき消されてしまうだろう。

天井にはまった蛍光灯が、空調機と私の椅子以外、何もない部屋を照らしだしていた。しかも一本が切れかけ、点滅をくりかえしている。

部屋の大きさは二十畳ほどはある。壁の変色ぶりやすえつけ式の空調機から想像するに、かなり古い建物のようだ。

首をめぐらせると、窓とは反対側の壁に扉が二ヵ所あった。どちらも閉まっている。

じょじょに記憶が戻って、麻酔弾を撃ちこまれたのだと気づいた。武が愛人の周囲を嗅ぎ回る人間をさらわせたのだとしたら、手のこんだことをする。さらに武闘派の中国マフィアにしては、私に対する尾行が巧みだ。

扉のひとつが開き、目だし帽をかぶった男が入ってきた。ネクタイはしているが上着は着ていない。薄いビニールの手袋をはめている。長身で細身の体つきだった。私の前に立ち、うしろ手を組むとわずかに両足を広げた。

中国語が男の口から発せられた。私は首をふり、

「我不明白」

と答えた。数少ない、知っている北京語だった。

男の手がバックハンドで私の頰に叩きつけられた。私の唇が切れ、血が飛んだ。男は再び中国語で何ごとかをいった。

「中国語は喋れない。訊きたいことがあるなら、日本語でいってくれ」

私はいった。

男は無言になった。シャツのポケットから煙草をとりだし、火をつけた。二、三服吸う間、ずっと私を見おろしていたが、いきなり火口を私の頰に押しつけた。

「熱っ」

私は顔をそむけた。試されたことはわかっていた。だから声をだしたのだ。苦痛の叫びは誰でも母国語でたてる。

「お前、名前何ていう」

「ジョーカー」

男は再び煙草を口に運び、今度は私の喉にあてがった。私は歯をくいしばった。

「名前」

「ジョーカー」

「ジューに何の用?」

「ジュー?」

いきなり髪をつかまれ、左の眼球に煙草の火口をかざされた。

「ジューのマンション、毎日見ていたろう。ジューがでかけるところ、ついていった」

「ジューというのか、彼女は」

「お前らの言葉なら、シュだ」

「初めて知った。きれいな女だから興味があった」

男は手を離し、首をふった。

「何の用だ。なぜ調べる?」

「彼女の恋人はひどくおっかない男だと聞いた。だからどれくらい恐いか、確かめたかった」

「嘘をつくな。お前は武に頼まれて、シュのことを調べていた」

「あんたこそ武じゃないのか」

私は男を見つめた。男の口もとが歪《ゆが》んだ。笑ったようだ。

「武だったら、お前とっくに死んでる」

「じゃあ中国大使館の教育処といったところだな」

男は私の頰をつかんだ。爪が火傷《やけど》にくいこみ、ひどく痛んだ。

「お前、公安のスパイか」

「もし俺が公安だったら、あんたは明日国外退去だ」

男は首をふった。

「お前は公安じゃない。公安のスパイの顔はだいたい知ってる。それにひとりじゃ公安は動かない」

「じゃあ何だと思う？」

男は私の頰を離した。煙草を床に落とし、踏みつけた。いらいらとしたようすだった。何かを悩んでいるように見える。やがて決心したように背骨の横から拳銃をひき抜いた。中国版のマカロフオートマチックで、スライドを引き、初弾を薬室に送りこんだ。

「今、俺を殺すと、なぜ淑花のことを調べていたのか、永久にわからなくなるぞ」

私は告げた。男の体が固まった。

「こいつをほどいてくれ。本当のことを話してやる」

「今話せ。公安部はどこまで知っている。淑花をどうするつもりだ」

「俺を殺したら、お前の一番嫌がる結果だ」

思いつき、いった。

「淑花は本国に強制送還される」

「そんなことはさせない！」

男は私の額にマカロフをあてがった。

「いいのか。俺が死ねば、淑花がまっ先に疑われるぞ」

男の手は震え、肩で息をしていた。中国マフィアでないことは確かだ。武の手下なら、私を撃つのにこれほど迷ったりはしない。だが安全部の人間なら、淑花の強制送還を恐れる理由がわからなかった。

不意に女の叫び声がした。私と男は同時にふり返った。

扉のところに淑花が立っていた。厳しい口調の中国語で何ごとかをいい、私に走りよった。男と私の間に割って入ると、私の腕を固定していたガムテープをはがした。

「淑花――」

男がいった。淑花は男を無視し、私に訊ねた。

「あなた、大丈夫か」

「大丈夫だ」

私の両腕は自由になり、男は離れたところで立ちつくしていた。

淑花は私の目をのぞきこみ、早口でいった。

「ごめんなさい、警察にいかないで。この人、わたしのこと心配しただけ」

「こいつが警察だ！」

男は日本語で叫んだ。

「こいつは、淑花の名を知ってた」

私は両足の縛《いまし》めを解き、立ちあがった。

「あなた、警察か」

淑花は私を見つめ、静かに訊ねた。落ちついた表情だった。私は首をふった。

「ちがう。ある人物に頼まれ、あんたを捜していた」

「武か!?」

男が叫び声をあげた。

「武だったら、捜す必要ないね。落ちつきなさい」

淑花が叱《しか》りつけるようにいい、私をふりかえった。

「私の旦那さんの武、すごく恐い人。だからこの人、わたしのことを心配している」

男が目だし帽を脱いだ。見覚えのある顔があらわれた。写真にうつっていた三人目の男だった。

「心配していたのは、あんたのことだけじゃない。自分のことも武にバレるのじゃないかと恐がっていたのだろう」

「黙れ！　それ以上喋るな」

男はマカロフを私に向けた。私は男と淑花を見比べ、いった。

「どうやら二人きりで話した方がよさそうだ。彼女に銃を預けろ」

「お前を撃てば、問題は解決する」

男はいった。

「死体を見つからないところに捨てる。誰もお前がいなくなったことに気づかない」

男はさほど銃を扱いなれているようには見えず、この状況ではむしろ危険だった。

その気がないのに、引き金をひいてしまうかもしれない。

「やめて」

淑花がいった。

「人殺しをしたら、あなたも武と同じ」

男は首をふった。

「こいつは危い。警察でなければ、武の雇ったスパイだ」

「武はそんな真似はしない。中国人の部下が何人もいるのよ。それに疑われただけで、あなたは生きていない」

男ははっとしたように淑花に向きなおった。私は一歩踏みだし、左手の親指をマカロフのハンマーとスライドのすきまにさしこみ、発射できないようにしておいて、男の右肘を反対に捻《ひね》った。

男が呻き声をあげ、マカロフは私の手に移った。淑花は息を呑み、私を見つめている。

「誰も撃ちはしない、心配するな」

私はいった。男が肘をかばい、中国語で何ごとかを喋った。

「悪いが日本語で話してくれ」

私はマカロフの安全装置をかけ、いった。

男と淑花は無言で顔を見合わせた。やがて淑花が口を開いた。

「あなたは誰なの」

「ジョーカーと呼ばれている。トランプの七並べを知っているか」

淑花は首をふった。

「7から順番にカードを並べていくゲームだ。足りないカードがあったらそこにジョーカーをおく。そのカードを隠している人間は、ジョーカーをおかれたら、カードをださなければならない」

淑花は瞬《まばた》きした。

「つまり、わたしがそのカードね」

「そうだ」

私はいって淑花と男を見比べた。

「私はカナダに住んでいる中国人に頼まれてあんたを捜していた」

淑花はすっと息を吸いこんだ。

「秦東方――」

頷いた。

「あんたにメールを送ったが返事がなかったと嘆いていた。写真も見せられたよ。あんたとこの男と三人でうつした写真だ」

男の顔が無表情になった。

「返事をだすなんてできなかった。国家安全部は『元宵』の正体を知りたがっている。メールを送ってきたのが本当の秦かどうかわからないもの」

淑花は答えた。

「秦は今、バンクーバーでインターネットの会社をやり、成功しているといっていた。明後日、日本にくる。ずっとあんたに会いたかったらしい」

淑花は無言で目をみひらいた。

「よせ、淑花。本当の秦だとしても、教育処に協力させられているのかもしれない。教育処はずっと『元宵』を捜しているんだ」

男がいった。私は男に向きなおった。

「あんたと彼女の関係を聞こう。秦と三人で中国からいっしょに船に乗って逃げだした話は聞いているが」

男は私をにらんだ。

「お前に話すことはない」

「いっしょに中国政府と戦ったにしては、あんたと秦の仲はうまくいっていないようだな」

「この人は高《ガオ》。中国にいたときは牟といっていました」

淑花が口を開いた。男が唇をかんだ。

「秦と三人でマカオに逃げたのは本当です。中国から逃げる船の手配は、秦がしてくれました。マカオには、イギリスとフランス、ポルトガルの政府と軍の関係者が待っていましたけど」

「秦の話では、牟とはマカオで離れ離れになったということだったが?」

淑花は頷いた。

「ある晩、イギリス人が二人きて、牟だけを連れていきました。あとでスペシャルブランチの人間だと教えられました」

スペシャルブランチは、イギリス警察の防諜部門だ。

私は高を見た。

「国家安全部の人間なのか」

高は答えなかった。

「安全部は、民主化活動をおこなう学生組織にスパイを送りこんでいました。スパイは、『六・四』で手配され、中国を脱出する活動家の中にも混じっていました」

淡々と淑花がいった。

「わたしはその後イギリスに連れていかれ、ＳＩＳ（英国情報部）の対中工作に協力するよう求められました。イギリス人が望む形で、民主化工作をしろというのです。ＳＩＳは、わたしの仲間になる中国人の中からスパイをリクルートしようと思ったのです。わたしは嫌でした。中国の民主化を願うことと、イギリスのスパイになることは別です。だから協力を拒否しました。中国に強制送還すると威されました。十年間も刑務所にいきたいのか、と。それで日本に逃げました。日本にはビザをもたない中国人女性がたくさんいて働いている、と聞いていましたから。だけどわたしのことを知っている中国人も多かった。困っているときに、武と知り合いました。武はわたしをかくまってくれるといいました。わたしを守り、日本の警察や入管からも隠してくれる、と。それでわたしは武の恋人になりました。でも中国大使館の教育処があるとき、わたしのところにきました。それがこの人でした」

淑花は高をさした。高がようやく口を開いた。

「私は中国に送り返された。だがその後努力して、大使館教育処の仕事をもらい、日本にきた。在日大使館では、日本にいる活動家の『元宵』を捜す任務を与えられた。私は『元宵』が誰か、すぐわかった。だが淑花を中国に送り返すことには反対だった。だから、教育処には、淑花を見つけたのを黙っていた」

この男は、所属する安全部と武の両方を恐れていたのだ。

「報告しなかったことがわかれば、反逆罪に問われます」

淑花がいった。

「だからあなたがわたしのことを調べているのを知って、高は驚きました。あなたが安全部か武の手下か、それを知りたくてつかまえたのです。わたしはあなたが武の手下なのか、顔を見て確かめるためにここへ呼ばれました」

「あの麻酔弾は安全部の装備か。中国マフィアにしては手のこんだことをすると思った」

私は高を見た。

「お前の正体を確かめるまでは殺せなかった。秦がお前を雇ったとは思わなかった」

高はいって、淑花に目を向けた。

「淑花、秦に会うのか」

淑花は目をそらした。迷っているように見えた。

「わからない……。今さら会って、どうするのか……」

「秦はずっとあんたを忘れなかったといっていた」

「危険だ。秦が今でも仲間かどうかはわからない」

そのとき、淑花のジーンズのヒップポケットにさしこまれた携帯電話が鳴った。着信音を聞いて、淑花の表情がかわった。

「武よ」

とりだし耳にあてた。怒鳴りつけるような中国語が電話から洩れてきた。淑花が返事をすると、さらに激しい口調の中国語が返ってきた。それを聞き、高の顔が険しくなった。

淑花は弱々しい口調で喋り、やがて電話を切った。

「わたしが家にいないので武は怒っています。夜は家にいないと、すぐに怒る。帰らないと……」

「武には何といいわけした？」

「体の具合が悪いので病院にいっていた、と。信じていないようでした。あの人はとてもヤキモチ焼きです。わたしを守ってくれるけれど、もし他の男の人と会っていることがわかったら許さない」

淑花は高を見て、中国語で何ごとか告げ、急ぎ足で部屋をでていった。淑花の足音が聞こえなくなると、高はいった。

「武は暴君のようにふるまっている。淑花を自分のもちものだと思っているのだ」

「教育処でも武には手をだせないのか」

私がからかうようにいうと、高は冷ややかな目を向けた。

「武は日本の法律に触れていない。触れているのは皆、武の部下たちだ。それにもし武の日本滞在許可をとり消したら、誰が強制送還から淑花を守る？　淑花の言葉を聞いたろう。武といっしょにいれば、淑花は安全なんだ」

「だがあんたは淑花といっしょになれない」

高の表情が翳《かげ》った。

「淑花の安全が、私の願いだ」

「だったら秦に淑花を預けたらどうだ。秦はカナダで成功しているらしい。秦なら淑花を守れるかもしれん」

高は首をふった。

「嫌だ。秦に何ができる。私は私の立場で淑花に尽しているんだ。刑務所に入れられたり、武の手下に殺される危険をおかしても。私の気持は、秦には絶対わからない！」

私は息を吐いた。

「銃は預かっておく。あんたが秦を撃たないとわかったら返してやる」

4

成田《なりた》から秦はまっすぐ六本木にやってきた。私は秦を車に乗せ、高に私が連れこまれたビルに向かった。首都高速三号、国道二四六号沿いに建つ、駒沢《こまざわ》の古いビルだった。外から見ると、潰れた中国語学校の看板がでている。おそらく中国大使館の教育処が都内に所有している建物だろう。高は淑花のためにかなりの危険をおかしている。気持は認めるが、今の状況は長つづきしない。

車を止め、階段を使って四階まで昇った。カナダからの飛行機が到着したのは早朝で、渋滞にひっかかったため、駒沢に着いたのは昼近くだった。

秦を連れ、四階の部屋に入ると、そこに高がいた。もうひとりいっしょに会う人物がいるとはいってあったが、それが高であることを、私は秦に告げていなかった。

「牟!?」

秦は息を呑んだ。高はひとりでブラインドをおろした窓辺に立ち、煙草を吸っていた。

秦が私をふり向いた。

「なぜ牟がここにいるのですか」

「彼の本名は高だ。中国大使館の教育処に勤めている」

私は英語で答えた。

「国家安全部の人間なのか⁉　いつから」

「ずっと前からだ」

高が流暢《りゅうちょう》な英語でいった。

「天安門前の広場にお前たちといたときも、私は安全部の仕事をしていた。お前たちブルジョアかぶれの学生をいまいましく思いながら、口裏をあわせていたんだ」

秦は顔を歪めた。

「裏切り者！」

「どちらが裏切り者だ。お前の方こそ、特権階級の子供だったくせに、祖国を裏切ったのだろうが」

高は手にした煙草を秦につきつけた。

「淑花は知らないだろうが、俺は知っている。お前は、共産党中央執行委員の甥だった。だからこそ、安全部はお前を逃すために密航船をマカオまで用意したんだ。笑わせるぜ。反逆者を告発するのが仕事の国家安全部が、反逆者をこっそり逃したのだからな。だがお前は淑花に軽蔑されたくなくて、それを隠していた」

秦の顔が青ざめた。

「淑花は知っているのか」

「今は知らん。わざわざお前を思いださせてやる必要はなかったからな」

秦は私を見た。

「淑花は、彼女はくるのですか」

「くる。この男も立ちあわせてくれ、というのが淑花の条件だった」

「なぜ……。淑花が『元宵』なら、教育処は敵だ」

「俺はずっと教育処にも安全部にも、淑花が『元宵』だとばれないよう、守ってきたんだ。お前のことは大嫌いだが、淑花は、守りたかった」

秦はがっくりとうなだれた。

「何てことだ……」

「淑花と話したら、さっさとカナダに帰れ。そして二度と彼女のことを思いだすな」

「私は彼女を助けたい。ミスタージョーカーから聞いた話では、いつ強制送還されてもおかしくない」

「お前に何ができる。祖国を捨てて稼いだ金で、淑花が幸せになれるとでも思っているのか。淑花は、暴君のような男の愛人になっても、理想を捨てていないのに。たとえそれが反共産党的な思想であっても、金儲けの犬に成り下がったお前よりは百倍立派だ」

「本人が決めることだ」

秦はいった。

「そうだな。だがお前の伯父のことは話す」

秦は唇をかみ、無言だった。

そのとき扉が荒々しく押し開かれた。淑花の腕をつかんだ小柄な男が、六人の男をしたがえて立っていた。小柄な男は四十代の初めで、ひどく冷ややかな目で私たちを見回した。

「武！」

高が叫んだ。

「こりゃ驚いた」

男は訛のある日本語でいった。

「こっそり見張っていたら、うちのかわいい奥さんには、三人も彼氏がいやがった」

「ちがう！」

淑花はいって身をよじった。男は淑花と身長に大差はなかったが、淑花の右手首をがっちりとつかんで離さなかった。

「俺が夜しかこないので、昼間は大丈夫だと思ったか。お前たち、武子明をなめたらどんな目にあうか、わかってないようだな」

「淑花！」

秦が進みでて、中国語で武に何ごとかをいう。ほぼ同時に、武のうしろに控えていた男のひとりがとびだすと秦を殴り倒した。

「この人たちは関係ないよ！　やめて！」

淑花が叫んだ。武は私を見た。

「お前は日本人だな。日本人が俺の女に手をだしたのか」

「彼女に会うのはこれが二度目だ」

武は聞いていないというように首をふった。

「中国人なら腕一本、日本人なら腕二本だ」

そして片手をあげた。手下がいっせいに青竜刀を抜いた。

私はマカロフを抜いた。武は動じることなく、銃口を見つめた。

「ピストルがどうした。こっちは六人いる。六人いっぺんに撃てるか？」

その言葉が終わらないうちに私は発砲した。速射で四人の太股や肩を撃ち抜いた。青竜刀で切りかかってきたふたりにはそれぞれ二弾目を腹に叩きこんだ。八発装弾のマカロフは空になり、スライドが開いたままになった。

武はあっけにとられたように目をみひらいた。

「お前、何だ!? 何でこんなことする」

「俺の名はジョーカーだ。あんたのかわいい奥さんを離してもらおうか」

武は淑花をつきとばし、上着の内側からトカレフをひき抜いた。だがそれより早く、私はマカロフを床に落とし、ベルトにさしていた三十八口径で武の額を撃ち抜いた。

武はがくんと頭をふり、倒れこんだ。私は死体の手からトカレフをとりあげ、他に銃をもつ中国人がいないかを確かめた。銃をもっていたのは武だけだった。

淑花は呆然《ぼうぜん》と武の死体を見おろしていた。

「何てことを……」

高がつぶやいた。

「武を殺してしまったら、淑花を誰も守れない……」

「じゃあ片腕をくれてやったか?」

私はいった。

淑花は息を吐き、秦を見た。泣きそうな顔だった。

「秦……」

「淑花！」

二人は中国語で言葉を交し、抱きあった。私は高を見た。高は無言で二人を見つめている。

淑花は体を離し、私を見た。

「どうすればいいの、わたし」

「とりあえず家に戻り、金目のものをもってでるのだな。あんたが日本をでていくというのなら、パスポートを作れるところを紹介してやる」

私はいった。そして高を見つめた。

「中国大使館が邪魔をしなければ、だが」

高は唇を強くかみしめていた。秦が大きく目をみひらき、高を見ている。

やがて高が絞りだすようにいった。

「この一件は、中国大使館から日本警察に通報する。教育処が武装暴力集団を内偵中、銃撃戦になった、と。同席していた女の身許は不明」

「いいのか」

私は訊ねた。高は手をさしだした。

「その銃をこちらによこせ」

私は三十八口径と床のマカロフを高に渡した。高の手はしっかりしていた。

「淑花と秦を連れて逃げろ」

高は受けとった三十八口径を、まだ息のある武の手下に向け、いった。

「警察はいずれ本当のことを知るぞ」

「あなたはどうなるの」

淑花が訊ねた。高は悲しげに微笑んだ。

「私は外交官だ。国外退去ですむ」

「何を話している？」

秦が英語で私に訊ねた。高が自分のことを話しているのではと、不安なようだ。

「私があとを処理するから、日本を脱出しろといったんだ」

高が英語でいった。

「お前のことは何も話していない」

「いっしょに逃げましょう、高」

淑花がいった。

「中国に戻ったら、あなたもいろいろと調べられる。わたしをかばっていたことがわかったら、刑務所に入れられる。それなら、いっしょに逃げましょう」

高は深々と息を吸いこんだ。

「十五年前のあの夜と同じように？」

そして首をふった。

「もう、時間を戻すことはできない。私は二度も亡命をしたくないんだ」

淑花は何かを伝えようとするように高を見つめた。だが言葉はでなかった。

「いけ。今度こそ淑花を守ってくれ」

高は英語で秦に告げた。秦は頷くと淑花の腕をつかんだ。

「潮どきだったな」

私がいうと、淑花は静かに泣きだした。

ジョーカーの命拾い

1

「俺はお前を殺せていた。十年前のナゴヤでだ」

薄いサングラスをかけた白人がバーに入ってくるなり、私のかたわらに立って、英語でいった。

日没の早さが、昼間のあたたかさとは裏腹に季節の移りかわりを感じさせる夕方だった。午後五時を過ぎたばかりだというのに、表はもう暗くなっている。昼は半袖で歩き回れるほど気温が高かったのが、暮れてからは急速に冷えこんできた。

「明日は木枯らし一号が吹くらしいですよ」

沢井がいった直後、扉が開き、その白人が店に入ってきたのだ。

ジーンズにTシャツを着け、コーデュロイのジャケットを腕にかかえていた。うっすらとのびたヒゲはわざとかもしれないが、身に着けているものを見る限り、あまり贅沢のできる境遇にはいないようだ。

　私は白人に向き直った。五十五、六だろう。腹はでているが、腕や肩には相当の筋肉がついている。口元に、古い傷跡を手術で消そうとした痕跡があった。

「だから何だ」

「別に。一杯奢ってくれ」

　白人は瞬きし、いった。

　見たところ、白人は丸腰のようだ。追いだすこともできたが、「十年前、名古屋《なごや》」という言葉に興味を惹かれた。奇妙な依頼が確かに十年前あったのを思いだしたからだった。

「すわれよ」

　私はいって、隣のストゥールに顎をしゃくった。男は息を吐き、腰をおろした。ひどくよごれたスニーカーをはいている。ジャケットもかなりくたびれていた。

　沢井を見やるといった。

「バーボンをダブルでくれ」

　沢井は私をうかがった。私は小さく頷いた。沢井がフォアローゼズのボトルに手をのばすと、男がいった。

「そっちじゃなくて隣のボトルがいい」

ワイルドターキーの12年が隣にはある。沢井は口を尖らせた。

「値段がだいぶちがいます」

「コノ人ガ払ッテクレマス」

男は流暢な日本語でいった。

私は肩をすくめた。沢井はほっとしたような表情でターキーをグラスに注いだ。

「氷は？」

「イリマセン」

さしだされたストレートの半分をひと口で飲み干した。ふうっと息を吐き、残りを惜しむようにすすってから私を見た。

「一杯といったが――」

「もう一杯飲めよ」

男は嬉しげに笑い、残りを飲み干して、グラスを沢井めがけすべらせた。沢井は無表情で酒を注いだ。

「十年前の話をしてくれ」

私はいった。

「あんたはコマキエアポートにいった。台湾からくる男と接触し、運んできた荷物を受けとるためだ。だが男は現われなかった。いや、現われられなかったんだ。パイロットの操縦ミスで旅客機が墜落し、男も、そいつが運んできた荷物も、すべて燃えちまった」

「それは俺の知っている話だ。知らない話をしてもらおうか」

男は酒をすすり、余裕のある笑みを浮かべた。

「その頃俺は、中国人の相棒と組んでいた。俺たちはあんたを追っかけてナゴヤまでいった。あんたは行きは新幹線を使い、ナゴヤステーションでレンタカーを借りた。そのレンタカーでコマキエアポートに向かった。俺たちの仕事はエアポートであんたと台湾人をさらい、殺して荷物を奪うことだった」

「荷物の中身は？」

男は肩をすくめた。

「知らんね。殺して荷物を届ければそれでいい、といわれていた。前金をもらって、俺たちは車でナゴヤに向かった。エアポートであんたを見つけ、台湾人と接触するのを待っていた。そうしたらドカンだ。旅客機が落ちて大騒ぎになった。クライアントに連絡をしたら、待てといわれた。車の中で俺たちは四時間も待たされた。そうして仕事がキャンセルになった。俺たちは前金だけでほうりだされ、すごすご車でトウキョウに戻った。俺たちがエアポートをひきあげたのは真夜中だったが、あんたはまだそこにいた。せめてあんただけでも消せといわれたら、後金をうけとれたのにとうらめしく思ったよ」

「クライアントは誰だ」

男は首をふった。

「酒の一杯や二杯でそこまでは喋れない。だろ？　いずれ回顧録を書くから、そいつを買って読んでくれ」

私は頷いた。別にそれほど興味があったわけではなかった。一流かどうかは別として、この男はプロで、かつて私を殺す依頼をうけたことがある、というだけの話だ。事故のせいで依頼はキャンセルになった。クライアントも私に恨みがあったわけではない。そうでなければこの十年のあいだに、私はこの男か他の殺し屋の襲撃《しゅうげき》をうけていたろう。

「あのときは俺の依頼も前金だけでキャンセルになった。互いに損をしたどうしというわけだ。航空会社のせいで」

事故の原因は、パイロットの操縦ミスだと発表されていた。

私は薄い水割りの入ったグラスをかかげた。

「煙草をくれないか。切らしちまったんだ」

男がいい、私は自分の煙草をさしだした。

「ありがとよ」

男は火をつけ、うまそうに酒をすすった。

「引退するにはまだ貯えが足りないようだな」

私はいった。

「それどころかいきなり契約を切られた」

バーの中を見回し、男は答えた。

「来月、アメリカに帰るつもりだ。知り合いの農場で警備員を捜してるっていうんで」

たてつづけに煙草を吹かし、身をのりだした。

「なあ、もっと知りたくねえか。帰る直前なら、もう少し話をしてやれる。ただ、金がかかるが」

「そうやって殺しそこねた相手のところへいって、たかっているのか」

男の小さな目に怒りが浮かんだ。左手の甲に小さなタトゥーが入っているのが見えた。私がそれに気づいたことに男も気づいた。さりげなく手をカウンターの下におろし、いった。

「誰のところにでもってわけじゃない。お互い、プロじゃなけりゃ、な。『オマワリサーン』は、ご免だ」

「タクシー代くらいなら渡してやる。ただし話をするなら今だ」

男は首をふった。

「そんな端《はし》た金《がね》はいらねえ。あんたの命を狙った奴を教えてやる。百万でどうだ」

「ラングレーの極東作戦部の誰かだろう。金なんか払わなくてもわかっている」

男の目が広がった。

男の手にあるタトゥーは海兵隊員がよく入れている柄だった。元海兵隊員を、現場の非合法工作に使うのは、ＣＩＡのお家芸だ。男は正規のＣＩＡ局員ではなく、〝スポット〟と呼ばれる、契約工作員だったのだろう。〝スポット〟は、誘拐や暗殺、窃盗といった、違法性の高い工作を外部にうけおわせるシステムだ。万一警察につかまっても、ＣＩＡそのものがこうむる被害は小さい。

私は肩をすくめた。

「在日アメリカ大使館の管理官がかわったという話は聞いた。それでお払い箱になったのじゃないか」

男は深々と息を吸いこんだ。私は財布をとりだし、一万円札を五枚、カウンターにおいた。

「俺の知らない話をしろ。帰りのタクシー代が手に入るぞ」

男は札を前にして、そこから目が離せなくなった。じっと見つめ、空になったグラスをふった。

「もう一杯だ」

沢井がボトルを手にしたので、私は指を立てた。

「これで最後だ。酔っぱらって作り話をしたがる奴は、世界中のバーの数だけいる」

男は頷いた。

「あんたの名前を」

「バーニー」

「よし、バーニー。十年前、クライアントが依頼をしたとき、俺の写真を渡された筈だ。それはどんな写真だった？」

バーニーは店の中をもう一度見回した。

「それをさっき確認したんだ。たぶんここで撮ったものだ。高感度フィルムを使った隠し撮りで、この壁がバックに写っていた」

「お前の直接のクライアントは日本人だったか？」

バーニーは首をふった。

「そいつは出世してアメリカに帰った。あの一件で手柄をたてたのだと。今じゃ副部長さまらしい」

「手柄？」

「俺には詳しいことはわからねえ。あんたと台湾人を消してお手柄だというのならわかる。だが消さなくとも手柄だったというのは、どういうことなんだろうな。ずっと考えていたがわからなかった」

「台湾人の写真も見せられたか」

バーニーは頷いた。

「そっちの写真は、何だかフォトスタジオで撮ったようなきれいな代物だった。すまし顔で軍服か何かを着ていた」

私が依頼人から渡された写真と同じだ。

バーニーは訊かれもしないのに喋った。

「ラングレーに戻ったあの野郎が俺を切ったのさ。管理官をかえりゃ、〝スポット〟

も総とっかえだ。おかげで俺は、酒代にも困っている」

「十年もたってからか」

「聞いた話じゃ、戻ってすぐ奴は、ATFに出向していたのだと。ATFから帰って、極東の副部長になった」

ATFは、アルコール・タバコ・火器取締局で、アメリカ財務省の機関だ。

「なぜATFなんだ」

「知らないね、本当さ」

バーニーは落ちつかない表情になった。

「もうこれ以上はお断わりだ」

札に手をのばした。私は札をおさえた。

「その副部長の名前を」

「ヨーク」

私は手を離した。知らない名だった。

2

「何だっていうんです」

バーニーがでていくと沢井が訊ねた。

「基本的には、ただのタカリだ。奴は使い捨ての工作員で、金に困って、以前かかわりのあった人間のところを訪ね歩いている。たぶんアル中で、酒が切れ、どうしようもなくなって、昔消しそこねた俺のことを思いだした。このバーの話も、クライアントから聞かされてたのだろう」

「冗談じゃないすよ。あの話がそんなヤバい筋だなんて、ちっともいってなかったじゃないですか」

バーニーに指示をだしたのは、当時アメリカ大使館にいたヨークだった。だがここにきて、名古屋小牧《こまき》空港にいき、台湾からくる男と接触するよう私に依頼したのは日本人だ。

「覚えているか、あのときの依頼人を」

沢井は頷いた。

「ええ。名前は思いだせませんが、身なりのきちんとした四十くらいの人でした。商社マンか何かかな、と……」

メタルフレームの眼鏡をかけ、地味なスーツを着ていたのを覚えている。名刺をだした。

「名刺がある筈だ」

「そうだ、もらいました」

ここで依頼人が名刺をだすことはめったにない。沢井は背後をふりかえり、金庫を開けた。やがて、

「これですよ」

とさしだした。神田《かんだ》の三崎町《みさきちょう》のビルに本社をおく、「新高貿易」という商社のものだった。

「台湾部、第一課長　友利《ともり》明良《あきら》」

友利は、台湾のある実力者に頼まれて、仏教美術品を日本国内でさばくことになった。台湾の外にもちだすのを禁じられている美術品なので、プロの運び屋にもってこさせる。ついては空港でそれをうけとり、東京まで運んでほしいのだ、といった。会社にとって影響力のある実力者なので断わることはできない。だが発覚すれば、台湾

における会社の信用が失墜する。そこで実務に外部のプロをあてがいたい。

運び屋の名は趙《ちょう》といい、台湾からの団体観光客にまぎれて来日する。私の仕事は空港で趙とおちあったら仏像をうけとり、それをそのままレンタカーで東京へと運ぶことだった。だが趙の乗った旅客機は着陸に失敗して墜落、炎上した。二百六十四人が死亡し、助かったのはわずか七人だった。趙は死亡した乗客に含まれており、その荷物も燃えてしまった。

正しい情報を得ようと、私は混乱する空港に十時間以上も詰めていた。身内を騙《かた》ることができないので、趙の死亡と荷物の焼失を確認するのにひどく手間どったのを覚えている。

友利に連絡がつくと、友利はすでに趙の死亡を知っていた。現地にいるよりもテレビで情報を得る方がはるかにたやすかったのだ。

——残念ですが仕事は中止です。東京に戻って下さい。

それほど失望しているとは思えない声で友利はいった。そしてもうこれ以上、私にしてもらうことはない、とつけ加えた。

「バーニーの話を信じるなら、旅客機が無事着陸していたら、俺と趙は消されていたことになる」

「そんなにご大層な美術品だったのですかね」

沢井に首をふった。

「中身は仏像なんかじゃなかったのだろう。だからＣＩＡは工作員を使って奪おうとした」

「何なんです？　ミサイルの設計図とか？」

「そこまで重要なものなら、俺を使ったりはしない。問題は、荷物が何だったかじゃない。俺とバーニーのクライアントが実は同じだったという点だ」

沢井は意味がわからなかったようだ。

「この友利って人がＣＩＡだったのですか。妙じゃないですか。それならわざわざ名古屋までいってくれなんて頼む必要はないでしょう」

「バーニーに渡された俺の写真はここで撮られていた。趙のものは、俺に渡されたのと同じ。俺は消されるために雇われたのさ」

「なぜです」

「それはわからない。だが当時の管理官がその一件で栄転したというのなら、小さい事件じゃなかったのだろう。それなのに俺やバーニーのような外注を使ったのが妙だ」

「わけのわかんない話ですね。じゃこの友利って人は偽の商社マンなのですかね」

「当然な」

だからといって驚くほどの話ではなかった。私が〝殺され要員〟であったことも驚くにはあたらない。外注の工作員など、もともとが消耗品なのだ。私が消耗されなかったのは、飛行機事故で、趙とその荷物が消えてしまったからに過ぎない。

「つまり俺はあの事故によって助けられたことになる」

「まさか飛行機事故そのものが仕組まれていたなんてのじゃないでしょうね」

ぞっとしたように沢井はいった。私は首をふった。

「それなら最初から俺を雇わない。飛行機を落とせなかった場合のために、バーニーのチームだけを準備させればいい。この一件には、荷物の受取人としての俺が必要だった。趙と俺を殺してようやく、片がつくシナリオだったんだ」

「荷物は何です」

「さあ。燃えちまったことで、むしろほっとする奴の多い品だったのは確かだろうな」

「秘密兵器みたいなものですかね。細菌兵器とか」

「それはありうるな」

私は認めた。

3

今さら詮索しても無駄だというのはわかっていた。知らないところで私は利用され、だがその最終形に至る前に、利用価値が失せただけの話だ。

私が腹を立てないとバーニーが考えたのと同様、友利に対しても怒りを感じることはなかった。

数日後、私は神田神保町《じんぼうちょう》の古書店にいた。そこのオーナーは、台湾、中国関係の情報通として知られた人物で、それぞれの情報機関にパイプをもっている。私は彼から金で情報を買うこともあるが、たいていの場合は、情報で情報を得ていた。

私が仕事で得た、彼にとって耳よりと思える話を暇なときに立ちより、聞かせておく。すると私に情報が必要になったとき、彼から得られることもある、というわけだ。

積みあげられた古本のすきまで、埃《ほこり》くさい番茶を飲みながら、私は天安門事件のあと亡命した、中国有力者の子弟の話をした。

「そういう手配があったという話を聞いたことはある」

オーナーは茶をすすりながらいった。七十に手が届こうという年で、この十年は千代田区の外にでたことがない。

「いずこも同じで、情報機関などときの権力者にとっては雑用係のようなものだ。愛国心より出世のためにする仕事の方がはるかに多いだろう」

「そういえば、新高貿易という会社を聞いたことがありますか。この近くに、十年くらい前にあったという話ですが」

「今でもあるよ」

オーナーがいったので私は驚いた。実在するとは思っていなかった。

「うちのお得意だね。台湾関係のものをよく買ってくれる」

「何を主に扱っている商社なのです？」

オーナーは含み笑いをした。でっぷりと太っていて、瞼《まぶた》の肉が目の上に垂れている。仏像のような笑みだった。

「情報だ。それこそ、あそこの人間は、台湾専門の雑用係だ」

「公安ですか」

「警察じゃあない。公安調査庁あたりだろう」

「だとしたら、けっこうな役者がいますね。友利という男を知っていますか」

オーナーは首をふった。

「個人レベルの話はできんよ。マナーに反する」

私は頷いた。長居した詫びをいい、立ちあがった。そのとき、古書店のガラス戸を開けて入ってきた新来の客がいた。

客は私に気づかず、背を向けて書棚をのぞきこんでいる。私はかたわらをすり抜けて表にでた。

友利だった。

十分後、友利が店の外に現われ、立っている私に気づいた。だが表情をかえることなく、行きすぎようとした。

「久しぶりですな」

私はいった。友利は立ち止まり、怪訝《けげん》そうな顔で私を見た。

「どこかでお会いしましたか」

「十年前に一度きりですから、お忘れになっていてもいたしかたない。飯倉片町《いいくらかたまち》の小さなバーでお会いしました」

友利は首をふった。

「残念ながらそれならお人ちがいです。十年前、私は仕事で日本におりませんでしたから」

「そういいたくなる気持もわかるがね。盗み撮りした写真を殺し屋に渡すのは、たとえ仕事でも多少は気が咎めることだろうから」

友利の顔から表情が消えた。

「何の話だ」

「名古屋で墜落した台湾の旅客機さ。あの事故のおかげで俺は命拾いしたと、最近教えてくれた人間がいてね。誤解しないでくれ。別にあんたに恨みはない。ただばったり会ったのも何かの縁だ。昔話でもしないか」

友利は私に向き直った。

「あんたはプロだと聞いた。プロは昔話などしないものだ」

「名刺をくれないか。あのときあんたは課長だった。そろそろ部長になったかい」

友利の目に怒りが浮かんだ。それが私に対してなのか、自分の今の地位に対する感想なのかはわからなかった。

「今でも課長のままだ。だから渡す必要はないね」

「そいつは不思議だな。風の噂じゃ、十年前のあの作戦にかかわった管理官は、ラングレーに戻って出世したらしいじゃないか」

「何をいっているんだ。わかるように話せ」

「お茶でも飲もうか。このあたりには古き良き喫茶店がまだいくつも残っている」

友利は首をふった。

「断わる。まだ就業時間中だ」

「じゃあ仕事が終わってからならどうだ？」

友利はわずかに考え、答えた。

「六時に、Pホテルのロビーでどうだ」

「けっこうだ。くれぐれもいっておくが、金をせびろうとか、そういう気じゃない」

「じゃ何だ」

私は友利がでてきた古書店を示した。

「ここにくる理由といっしょさ。情報だ。あって邪魔にならない。いつか役に立つこともある」

一度自宅に戻ってからPホテルへ向かった。私がしたのは藪《やぶ》をつつく行為だった。蛇に備える必要はある。

約束の三十分前にPホテルに着き、ロビーのようすを調べた。明らかにそれとわかる男たちが張りこんでいた。会話は法に触れないだろうが、それ以外の何をしても私は拘束されることになりそうだった。

ソファにすわり、友利がやってくるのを待った。

六時五分前にタクシーがロビー正面のロータリーにすべりこみ、友利がひとりで降り立った。友利はあたりを気にするそぶりを見せず、まっすぐロビーのガラス扉に歩みよった。タクシーにつづいてロータリーに進入してきたセダンのサイドウインドウが降りた。

バーニーが左ハンドルを操っていた。サイレンサーを装着したソーコムが姿を現わす。

銃声は小さく、気づいた者はいなかった。友利はいきなり力が抜けたように、扉によりかかった。バーニーは走り去った。

私は立ちあがった。ガラス扉をへだてた反対側で、ずるずると友利が膝をついた。目をみひらき、私を見つけた。

ロビーをよこぎり、扉を引いた。ようやくドアマンが異状に気づき、友利に駆けよってきた。

背中の中央に二発が入っていた。ソーコムの口径を考えれば助からない。

私は友利を抱え起こした。友利の唇がわななき、何かをいおうとした。

「エ、エ、エム」

「M、か」

「エ、エム、ゼロ」

「Mゼロ？」

友利は小さく頷いた。直後、口から血が溢れだし、私はよけるためとびのいた。誰かがぶつかり、私をうけとめた。

ふりかえると、半円状に広がった四人の男が私を囲んでいた。

ひとりが警察バッジを見せた。

「警視庁公安部です。同行していただきたい」

4

「あんたのことはわかっている。バーを事務所代わりに使っている便利屋だ。『ジョーカー』というのが通り名だが、昭和三十年代から『ジョーカー』という便利屋はいた。年齢が合わないところを見ると、たぶんあんたは二代目か、勝手に看板をいただいた商売上手なのだろうな」

ひと晩抑留され、翌日私を取調べたのは、川江《かわえ》という外事二課の刑事だった。

「そのていどのことなら、インターネットでもわかるそうだ、今どきは。俺が取調べをうけなきゃならん理由を教えてくれ」

「殺人の共犯容疑さ」

「それなら刑事部の仕事だろう」

川江は動ずるようすもなく、私をのぞきこんだ。ネクタイをゆるめ、ワイシャツの袖をまくっているのは、ドラマの刑事をあえて真似《まね》ているのかもしれない。五十代の初めで、こうして現場にいるところを見ると、キャリアではないようだ。

「殺された人間を知っているか」

「もちろんだ。待ち合わせていたのだから。三崎町にある新高貿易の友利課長」

「マル害がただの商社マンなら俺たちがでてくることもない」

「そいつは驚きだ。友利はスパイだったのか？」

川江は瞬きもしなかった。

「あんたはプロなんだ。確かに昨日の一件だけじゃ逮捕はできんが、今後べったりと張りついて商売のジャマをすることはできる。そいつが嫌なら、互いに時間を節約しようじゃないか」

「弁護士には連絡ずみだ。すぐにでもとんでくる」

「じゃ、嫌がらせされる方をとるんだな」

私と川江はにらみ合った。私は息を吐いた。

「いいだろう。十年前、友利の依頼をうけたことがある。違法性はまるでない仕事だった。それきり会っていなかったが、きのうの午後、神保町の路上でばったり再会した。そこで久闊《きゅうかつ》を叙するために、あのホテルで待ち合わせた。あそこと時間を指定したのは友利だ。俺が呼びだしたわけじゃない」

「十年前の仕事の内容を」

「友利の本業を」

川江は私の背後に控えている二人を見やった。ひとりは三十代の初めで、まだ世の中が思い通りになると信じているような、キャリアの顔をしている。

その男が川江のかたわらに立った。

「ギブアンドテイクですか。あなたの仕事の適法性を考えると、そう強気になれないと思いますがね」

「俺を叩いても、出世競争の得にはならない。エリートはあんまりかかわらない方がいい人間だ」

男の顔が赤くなった。

「なめた口をきかない方がいいですよ。必要なら我々は、あなたを丸裸にする」

私は川江を見た。

「本当に俺のことを調べたのなら、このお坊っちゃんを守ってやんな」

川江は渋い表情になった。男は川江に向き直った。

「何をいっているんです、この人は」

「その通りのことですよ。こいつは元傭兵で、おそらく今までに何人も人を殺しているが起訴できるような証拠は何ひとつない。こいつがかかわっているのは、CIAや中国安全部の現場工作員で、こいつと同じような血なまぐさい仕事ばかりをして生きてきた連中です。こいつの腹を裂くと、毒蛇や毒虫がいっぱいでてきて、裂いた人間も無事じゃすまない。こういう連中が生きているのは、ふつうの人間とはまるでちがう社会です。誰もが平気で裏切り、金のために殺し合う。こいつらの頭の中には法律のことなんかこれっぽっちもないくせに、つかまらないための手管は知りつくしているんです」

「そんな人間を放置しておく方がおかしい」

「こういう奴はたいてい、表沙汰《ざた》になったらどこの政府も困るような秘密の切れっ端《ぱし》をいくつも抱えていて、それを保険にしているんです。裁判にかけようとしたら、ぼろぼろとそれがこぼれてくる。だからほっておくか殺す以外、処置のしようがない」

「殺す――」

「そう。いったでしょう。毒蛇やら毒虫しか詰まっていない袋みたいなものです。このまま火にくべてやるのが一番です」

私は男の顔を見つめた。

「俺を火にくべるには、あんたには立派な未来がありすぎる」

男は深呼吸した。

「ちょっと外の空気を吸ってきます」

取調室をでていった。川江は私をにらんだ。

「若くてもあれで課長補佐なんだ。俺がトバされたら、お前のせいだぞ」

「誰かに泣きつかなきゃ大丈夫だ」

「知ったような口をきくな！　お前に貸しがあると思ってるマルＢに話を流すのは簡単なんだ」

「ようやく玄人どうしの話ができそうだ。友利の正体を教えてくれ」

「公調の二部二課だ」

「CIAの下請けだったのか」

川江は横を向いた。

「個人的に親しくしていたのが大使館にいたそうだ」

「十年前、俺は奴の依頼で名古屋にいった。小牧空港に着陸する台湾からの便で運ばれてくる荷をうけとるためだ。友利の話じゃ禁輪品の仏像だということだった。だが飛行機が墜落し、俺はそのまま東京に戻った」

「運び屋の名は？」

「趙。そいつもそいつの荷物も燃えちまった」

「昨日会ったのは？」

「本当の偶然だ。だが奴はそれが気に入らないようだった。もっと気に入らない奴がいて、殺し屋をさし向けた」

「撃った奴を見たか」

「白人、五十代。たぶん〝スポット〟だ」

川江は机を掌で叩いた。

「くそ」

「いっておくが、十年前、俺は友利の正体を知らなかったし、趙が運んでくるものが本当は何なのかも聞かされていなかった。飛行機が落ちなけりゃ、それが何なのかを知る機会もあったろうが」

「お前が偶然に友利に会ったなんて話が信じられるわけがない」

「奴は依頼のときに名刺をおいていった。新高貿易が今もあるなら、偶然じゃなくともいつでも会うことができる。殺すことも、な」

川江は胸をそらした。

「新高貿易はずっとある。公調はあそこを移転させる気はない。業界の人間なら常識だ」

「十年前に比べ、出世したかと訊ねたら、元の課長のままだといったよ。気に入らんようだった」

「よその会社の人事など知ったことか。他に何か聞いたか」

「友利からか？　ないね」

私は首をふった。

「ドアボーイの話じゃ、いまわの際に友利は何かをいった。それをお前は聞いている」

「ああ、あれか」

私は天井を見上げた。

「やられた、とか、やった、とか聞こえた」

川江は疑わしそうに私を見つめた。

「奴はうしろから撃たれた。撃った奴が誰なのかはわからなかった筈だ。だから犯人のことなど教えようがないだろう」

「友利を撃ったのが誰だろうとかまわんさ」

川江は吐きだした。

「問題は、なぜ消されたかだ」

「十年前の一件が理由なら、とっくに消されていて不思議はない。俺の目の前で消されたのは、ただの偶然だ」

「ふざけるな。期限いっぱい勾留し、とことんお前の身辺を叩くぞ」

「毒蛇や毒虫がでてきてもいいのか」

川江は煙草に火をつけ、椅子から立った。

「いいかげんに気づいたらどうだ。公調の友利とお前が昨夜会うことを、なぜ我々が知っていたと思う」

「情報が流れたからだろう。しかもそれは友利本人からじゃない」

川江は小さく頷いた。

「どこまで本当かはわからんが、友利は昨夜お前に会うことを社内の誰にもいっていなかった。それどころか、十年前の一件についても、公調は関与していないといっている」

「じゃあ個人的に親しくしていた人間に頼まれたのだろう」

川江は瞬きせず、私を見つめた。

「誰だ」

「あんたらに昨夜のことを知らせた人間だ。他に誰がいる？」

川江は顎をひいた。

「わかってるじゃないか。つまり、そいつに俺たちはコケにされているというわけだ」

「俺たちというのは、公安と俺のことか？　それとも公安と公調のことか」

「公安調査庁などどうだっていい。あいつらは嗅ぎ回るだけしか能がない。だからＣＩＡにエサをちらつかされると尻尾をふってとんでいくんだ」

バーニーがバーに私を訪ねてきた数日後に、友利と再会するというシナリオができていたとすれば、それは私をハメるためのものに他ならない。だが、私をハメて、誰に何の得があるのか。ひと晩じっくり考え、その可能性はないという結論に達していた。

すべては偶然だ。だがその偶然を気に入らなかった人間がいるのだ。

秘密をもち、隠し通そうと考える者が一番恐れるのは偶然だ。偶然が、本来なら暴かれる筈ではなかった秘密を暴きだす。

「あんたらをコケにしたのは、ＣＩＡだ。だがそれは昨夜に始まったことじゃない。十年前からだった。俺はその片棒をかつがされた、そう認めりゃ満足するか」

「その通りだ」

いまいましそうに川江はいった。

「だが、今我々にできることは何ひとつない。お前をシメあげることだけだが、それすらもコケにした奴を喜ばせる」

「そいつは恐がっているのさ」

「何を」

「十年前の何かがバレるのを、だ。だから俺と友利がばったり会ったのが気にくわず、友利を消させた」

「なぜお前じゃなく、友利なんだ」

「知っていたからだ。そいつが誰で、どんな秘密が十年前にあったかを」

川江は沈黙した。

キャリアの男が戻ってきた。取調室に入り、沈黙に気づくと、

「進展は？」

と川江に訊ねた。

「あんたの根性が試される」

私はいった。

男は私に向き直った。

「何をいっているんです」

「あんたらはいいようにハメられた。友利を消したのは、ラングレーにいる大物で、そいつは十年前に日本でまずいことをした。それを知っていたのは友利ひとりだった。友利は任務じゃなく、そいつを手助けした。手助けというのは、俺を雇うことだ。だがアクシデントがあって、俺の仕事はキャンセルになり、友利の手助けも半端のままに終わった。友利には見返りがなく、そのことを奴は不満に思っていた。俺と

偶然出会ったのを機会に、友利はラングレーにいる古い友人に連絡をとった。『ハーイ、元気か。あんたは順調にやっているらしいじゃないか。それにひきかえこっちはずっと冷飯喰らいのままだ。世の中ってのは不公平だな。そうそう、ついさっき、ジョーカーにばったり会ったよ。ほら、十年前のあの一件さ。あのときはあんたをずいぶん手伝ってやったっけ。これからジョーカーに会って、一杯やることになってる。愚痴《ぐち》でも聞いてもらうかな』ってなもんだ――」

男は眉をひそめた。

「何をいっているんだ」

川江に訊ねる。川江は首をふり、

「先をつづけろ」

私にうながした。

「こりゃまずい、とラングレーの男は考えた。飲みすぎた友利が、あることないことをべらべら喋ると、ジョーカーという男がそれを悪用するかもしれん――」

「待て」

川江が私を止めた。

「ばったり会っただけで友利がお前と飲む約束をするとは思えない。お前は十年前に知らなかった何かを友利にぶつけた。だから友利はラングレーに連絡をした。そうだろうが」

鋭い男だ。私は川江を見直した。

「俺は消される筈だった。その後、ある筋から聞かされた。趙と会い、品物をうけとったら、二人とも消されることになっていたらしい」

川江は深々と息を吸いこんだ。

「それを友利にいったのですか」

男が訊ねた。

「いった。恨んじゃいない、だが昔話はしたい、と」

「友利はそのこともラングレーの人間に伝えたんだな」

川江はいった。

「おそらくな。そこで秘密がバレると思ったのだろう」

男は川江を見つめた。

「十年前のことについて心当たりはありますか」

「あるにきまってるさ。じゃなきゃ、コケにされたと気づく筈がない」

私はいった。川江は無表情だった。

「話しちまえよ」

私はいった。

「馬鹿いうな。話せるわけがない」

「表へでましょう」

「おいおい、俺には知る権利がある。なぜか。友利ひとりで一件が片づいたとラングレーの男が考えなかったら、次に消されるのは俺だ。さらに、そいつがもっと完璧主義者だったら、ここにいるあんたら全員もどうにかしようと考えるかもしれん。根性が試されるといったのはそういうことだ、お坊っちゃん」

男は聞く耳をもたなかった。

「外へ」

と、川江をうながした。川江は動かず、私の顔を見つめていた。

「ラングレーの男が一番喜ぶ決着は、〝スポット〟の殺し屋が消え、俺だけを共犯で逮捕して刑務所にぶちこむことだ。すんなりそうできれば、公安部とラングレーの関係は今後も良好だ。だが俺はそう簡単にはいかないぞ。裁判で、いろんなことをバラす」

「バラす!? お前が何を知っているというんだ！」

川江は声を荒げた。

「エムゼロ」

川江の目が広がった。

男が聞き咎めた。

「何です、それは」

今度は川江がうながした。

「いきましょう」

二人は取調室をでていった。

5

三十分待たされ、やがて川江ひとりが戻ってきた。

「帰っていい。取調べは終わりだ」

「俺を消すことにしたのか」

「いいから帰れ」

私の目は見ずに川江はいった。

警視庁をでて、私がまっ先にしたのは沢井に連絡をとることだった。二、三日、店を休めというと、沢井は呪うような呻き声をあげたが、いう通りにすると答えた。

自宅には戻らず、尾行を警戒しながら、都内にある〝隠れ家〟の一軒に向かった。

警視庁は私を見離した。逮捕はしない、かわりに消せ、とＣＩＡに通告したのと同じだ。

選択肢としては納得できる。ラングレー全体がかかわっていた作戦なら、そうはしなかったろう。十年前の一件は、ヨークが自分の利益のために仕組んだ作戦だったのだ。それが功を奏し、ヨークは出世した。

警視庁はヨークの過去を暴いても自分たちの利益にはならないと判断したのだ。ヨークの地位は安泰で、秘密を知られたと疑心暗鬼になる必要もない。

私さえ消せば。

〝隠れ家〟に着くと、中国人の知り合いに連絡をとった。バーニーと同じような、〝スポット〟の仕事をうけおっているが、専門は破壊工作ではなく、コンピュータのハッキングだ。

「仕事を頼みたい」

「じゃあ、いつもの場所で」

いつもの場所とは、大久保にあるサウナだった。男は韓国系の中国人で、大久保では目立たない。

並んでいる二台のアカスリベッドで、私たちはサービスをうけながら話した。

「エムゼロ、という言葉について調べてほしい」

ひりひりするほど体をこすられ、私はいった。

「エムゼロ。カテゴリーは」

「兵器か、あるいはそれに類する何か。ただし火には弱い。高熱をうけると消滅する」

「バイオ関連ということか」

「には限らないで調べてくれ」

「わかった」

「追加でもうひとつ。バーニーという、ウェットワーク専門の〝スポット〟がいる。そいつの居どころを捜してほしい」

「人間の情報は難しい」

「できたらでかまわない」

アカスリが終了すると、貴重品ロッカーのキィを男に渡した。現金の謝礼が入っている。

サウナをでて、韓国食材店で買物をした。〝籠城〟に備えるためだ。CIA全体が私を消そうと追っているわけではない。だが極東作戦部副部長の権限は小さくない。中国人に情報収集を頼んだのもそのためだ。この男はアメリカ嫌いで、CIAがらみの仕事だけはうけない。

〝隠れ家〟で二日間を過した。何の情報も入ってこなかった。私ひとりが隠れんぼをしているのか、それとも私以外の世間がすべて〝鬼〟になっているのかもわからない。

三日めにようやく、中国人から連絡があった。

私は再び大久保にでかけていった。コンピュータの専門家である中国人は、電話もメールも、一切信用しない。あらゆるコミュニケーションツールは、すべて監視、盗聴されている可能性があるというのだ。

アカスリ台で並ぶと、中国人はいった。

「エムゼロについて、一件だけヒットがあった。ただこれは、そちらが求めているものとはちがいそうだ」

「何だ」

「偽ドルだ。百ドル札の精巧なニセ札で、『M―0』というコードで呼ばれたものが、十年ほど前に東南アジアで発見されたことがある。関係筋がひどく神経を尖らしたが、その後、同じものはでまわらなかった」

私は首をふった。ニセ札では、およそつながりそうにない。

「他は？」

「ない。もちろんエムゼロがコードネームとしてまったく外部に洩れていなけりゃ、俺にも調べようがない」

「バーニーについてはどうだ」

「直接の動向については不明だが、ウェットワーク専門の〝スポット〟が集まる部屋がネットにあって、そこへ潜りこんだら、最近ＣＩＡが下請けを大幅に入れかえたという噂がでていた。その中に〝バーニー〟の名があって、一度クビになったが復帰したらしいとあった」

「それは知っている」

答え、私は思いだした。アメリカに戻ったヨークがＡＴＦに出向していたと、バーニーはいっていた。ＡＴＦは財務省の機関で、ニセ札も当然管轄だ。ＡＴＦというのがバーニーの勘ちがいで、財務省の高いレベルに出向していたのだとすれば、ニセ札の関連はありうる。

ヨークが「M—0」について何かの功績をあげ、それを認められて財務省に出向したという仮説がなりたつからだ。

「ニセ札についてもう少し話してくれ」

中国人は首をふった。

「たいした情報はない。『M—0』の発見は、台湾と香港で数枚ずつあり、CIAやFBIはその精巧さにおそれをなした。完成度としてはスーパーKの上をいくものだったという話もある。だがスーパーKのようにでまわることはなく、消えた。関係者のリポートによれば、あまりに精巧すぎて量産に不向きだったからではないかということだ。もちろん、他に理由はあったかもしれないが」

「他の理由とは?」

「俺にわかるわけがないだろう。どこかのマフィアがやろうとしていたのが、職人が抗争で殺されてしまったとか、単にボスの気がかわっただけかもしれん」

「正確な年度は?」

「発見されたのが一九九三年の暮だ。九四年には爆発的にでまわると予測されたのが、実際はそうならず、金融機関などへの警告もだされずじまいだった。警告がでれば、それだけでドルは下落する。関係者はほっとしたろう」

趙が台湾から運びこむ筈だったのは、大量の「M―0」だったのだろうか。それが飛行機事故で炎上したために消えてしまった。

いや、ありえない。大量の紙幣なら、墜落の衝撃で散乱し、それは当然ニュースになった筈だ。燃えたのは少なくとも紙幣ではない。

サウナをでた私が徒歩で向かったのは、イラン人と中国人が主な利用者の地下銀行だった。そこはＣＩＡもときおり利用するので、監視にひっかかる危険があったが、「M―0」に関する情報を得るためにはしかたがない。

表向きは雑貨店の体裁をとっているが、東欧も含めた七、八ヵ国に出張所をもつ地下銀行だ。送金手数料が正規の銀行よりはるかに安く、またマネーロンダリングにも適しているので、繁盛している。始めたのはロシアの連中で、窓口に中国人とイラン人を使っているのは顧客にあわせたのだ。

責任者のロシア人とは古い知りあいだった。ドダエフという男で、めったに店にはいない。その点で私はついていた。摘発を逃れるため、窓口担当者はひっきりなしにかわる。したがって〝ジョーカー〟という名の通じる人間はたいして多くない。

雑貨店の二階にドダエフのオフィスはあった。

ドダエフは私を抱きしめ、おおげさに喜んだ。

「ジョーカー、生きていたか。よかった。友だちの元気な姿を見られるのは、それだけで喜びだ」

ロシア訛に、以前より磨きがかかっている。十歳からニューヨークのブライトンビーチで育った男だ。アメリカの〝本社〟と電話で話すときは、訛などカケラもない。

「今日は送金か。大口の客はいつでも大歓迎だ」

ロシアンティを中国人の秘書にいれさせ、ドダエフはいった。私は首をふった。

「送金の件じゃない。『M—0』というニセ札について調べている。あんたに知恵があったら、分けてほしい」

大男のドダエフがティカップをつまむと、まるでデミタスカップのように見える。ロシアンティをひと口すすり、ドダエフは宙を見すえた。

「俺の知恵か。知恵はな、金にならん」

「だが貸しは作れる」

「なるほど。礼儀正しい人間は俺も好きだ。いいだろう。『M—0』だったな。あれは幽霊だ」

「幽霊？」

「そうだ。『M―0』が発見されたとき、アメリカ人は大騒ぎしたものだ。奴らは初め俺たちロシア人を疑い、次に北朝鮮を疑った。俺にはどっちでもないことはわかっていた。俺たちは作ってない。北朝鮮にはスーパーKがある。中国人は作るなら金じゃないものをコピーする」

「じゃあ誰が作った」

「さあな。いずれにしても『M―0』はそれっきり消えちまった。ときどき『M―0』の原版をめぐる詐欺話が噂になるていどだ」

「詐欺話とは？」

「『M―0』の原版をもっている、資金さえありゃ大規模な印刷ができる、ついては金をだせ。悪人が悪人をハメるのさ。本当のところは誰にもわからん。原版が飛行機事故で燃えちまったという噂もあるが、それすら俺は怪しいと思っているね」

「飛行機事故というのはいつ、どこでの話だ？」

「おいおい、俺がそんなことを知るわけないだろう」

ドダエフはしゃがれ声で笑った。デスクにおかれた五台の携帯電話のうちの一台が鳴った。人さし指を立て、

「失礼」

といって耳にあてた。

「オーケー、わかった」

返事だけをして、通話を切る。電話機をかき集め、アタッシェケースにしまいこんだ。

「悪いがでかけなけりゃならなくなった。会えてよかった。ゆっくりお茶を飲んでいってくれ」

イラン人のボディガード二人が階下から姿を現わした。ひとりがドダエフとともに姿を消し、ひとりがその場に残った。

私がでていこうとするとおしとどめた。

「今、駄目。もう少しあと」

窓べに立った。店の前に横づけされたメルセデスに乗りこむドダエフが見えた。メルセデスが発進すると、そのあとに別のセダンがすべりこんだ。運転者の姿までは見えない。

私のかたわらに立ち、並んで下を見おろしていたイラン人がにやりと笑った。

「もう帰っていい」

「裏口はどっちだ」

私は訊ねた。

6

雑貨屋の裏口は、狭い路地に面していた。でていってすぐ、罠《わな》だと気づいた。表に公然と見張りをおき、裏からでてくるのを待っていたのだ。

五十メートルの間隔をおいて、4WDとワゴンが道を塞いでいた。雑貨屋の裏口はその中間だ。戻ろうとすると、イラン人が裏口の扉を閉め、中から錠をかけた。

二台が左右から私をはさむように発進した。私は九ミリを抜くと一台のフロントグラスに五発を撃ちこんだ。運転手は助手席に倒れこみながらも、アクセルから足を離さなかった。だがハンドル操作が狂い、私をはねとばす寸前で電柱につっこんだ。そのおかげで4WDのごついバンパーとワゴンの左の鼻先のあいだにできたわずかなすきまに私は体をすべりこませることができた。

4WDの運転席にバーニーがいた。ソーコムをフロントグラスごしに発射した。四十五口径弾とサイレンサーの組合せは、貫通力を著しく落とす。音速を越えない四十五口径弾は銃声を絞るには便利だが、もともとの貫通力が低いからだ。

フロントグラスを射抜いた初弾はそのせいで、大きく方向がそれた。私はより貫通力の高い九ミリをバーニーの上半身に六発撃ちこんだ。

バーニーの死亡を見届け、ワゴンに向き直った。すでに扉が開き、運転手の姿はなかった。どうやらパートタイムで雇われたアシスタントだったようだ。

4WDのバンパー、ボンネットをよじ登り、反対側に降り立った。拳銃の指紋をぬぐい、4WDの車体の下に蹴りこむ。

表通りにでていくと、ドダエフのメルセデスと入れかわりで止まったセダンから、四人の刑事が降りてきた。中のひとりは川江だった。私をとり囲む。

「銃声が聞こえた。何があった」

「さあ、中国マフィアどうしの抗争だろう。歩いていたら、うしろから銃声と車が衝突する音が聞こえた」

私はいった。二人が駆けだしていった。

「とぼけるな！」

「どうする？　逮捕してやり直すか」

川江は私をにらみつけた。

やがて刑事二人が戻ってきた。

「車が二台、一台は大破しており、もう一台の運転席に拳銃をもった白人の死体があります」

複数のサイレンが近づいてくるのが聞こえた。

「こいつの体を調べろ」

川江は部下に命じた。身体検査をした部下が首をふった。

二台のパトカーが川江たちの覆面パトカーのうしろで停止した。

「どうする？　俺をひき渡すか」

私はいって、雑貨屋を示した。

「騒ぎの前、俺はここのオーナーと会っていた。『M―0』について、いろいろとおもしろい話を聞かせてもらった」

四人の制服警官がこちらに向かって走ってきた。川江は頬をふくらました。部下に合図を送った。

ひとりが身分証を掲げ、警官を止めた。公安の管轄する事件であることを告げ、現場を立入禁止にするよう命じている。

「どんな話だ」

「『M―0』の原版は、飛行機事故で燃えちまったそうだ。そのおかげで、ＣＩＡやアメリカ財務省は悪夢から解放された」

「そんなことは十年前から知ってる」

「じゃあ、あんたらの知らん話を聞かせてやる。情報料の百万をもって、今夜、バーにこい」

「ふざけるな」

川江は私の腕をつかんだ。

「貴様を殺人の現行犯でパクってもいいのだぞ」

「それも悪くないアイデアだ。ＣＩＡの極東作戦部副部長の弱みを握る、またとないチャンスをフイにしていいのならな」

「そんな与太話を信じると思っているのか」

「原版は墜落した飛行機には積まれちゃいなかった。それどころか『Ｍ—０』というニセ札が本当に存在したかどうかすら怪しい」

「馬鹿なことをいうな」

「いいか、ヨークが在日大使館から栄転したことは、あんたも知っている筈だ。奴は俺を消したい。俺は生きのびたい。そのためには奴が十年前にやったことを暴露するしかないんだ。俺ひとりが知っているだけなら、永遠に奴は俺の命を狙うだろう」

私は川江の目をのぞきこんだ。

「ヨークがこの先、出世していくとしたら、奴の弱みを握るのは、公安にとってもマイナスじゃない。帰ってあのお坊っちゃんなり、その上に相談してみるんだな」

「俺に指図する気か」

「俺やあんたのプライドなんかどうだっていい。いったろう、十年前、俺は消される筈だった。そのために雇われたんだ。どうする？　俺をいかせるか、それともパクるか」

川江は私の腕を離し、吐きだした。

「お前なんか、消されて当然の人間だ」


三日ぶりに開いたバーに、私はいた。九時過ぎに川江はお坊っちゃんと二人の部下を連れて現われた。部下の二人は沢井に鍵をかけさせ、マイクとカメラが設置されていないことを入念に確かめた。クリーンであるのが確認されると、川江は沢井に、

「でろ」

と顎をしゃくった。二人の部下は外に立った。

「ここはあたしの店ですよ。でていくのならあんたたちがでていけばいい」

三日ぶんの稼ぎをフイにして、沢井の機嫌は悪かった。

「第一、飲み物も頼まないで失礼じゃないですか」

川江は首をふった。

「どいつもこいつもナメてるな」

「あんたみたいな刑事は古いんだ。俺が奢る、何か頼め」

「お前になんか——」

「ジントニック」

お坊っちゃんがいった。川江は目を丸くしてふりかえった。

「いいんですか、こんな奴に」

「どうせ今夜のことは記録に残せない」

無表情に答え、私を見すえた。

「ヨークは伸びる、と私は考えています。彼に貸しを作り、市街地での銃撃のような事態を避けられる方法があるというのなら、あなたの話を聞く用意が我々にはあります」

川江はそっぽを向いた。

「情報料は？」

お坊っちゃんは上着から封筒をだした。

「百万まではだせません」

私は沢井を示した。

「彼にやってくれ。休業補償だ」

沢井の口元がほころんだ。カウンターに封筒がおかれた。

私は口を開いた。

「『M―0』が発見されたのは一九九三年の暮れで、香港と台湾で数枚ずつだった。精巧にできた百ドルのニセ札で、大量にでまわれば、ドルの下落は免れられない。アメリカの関係省庁はその出現に震撼した。これが発端だ」

誰も否定しなかった。私は川江を見た。

「当時、CIAは『M―0』の原産地、製造国を特定しようと躍起になった。公安部にも相応の協力が求められた筈だ」

「ビールをくれ」

川江がいった。沢井はジントニックとビールの小壜《こびん》をカウンターに並べた。

「つづけて」

お坊っちゃんがいった。ジントニックのグラスをひきよせたが、口はつけなかった。

「そこへある情報がもたらされた。『M―0』の原版が台湾から日本に運ばれる、という内容だった。それをつきとめたのがヨークで、原版をおさえれば大手柄になる。公安部には協力の要請があった筈だ」

川江はビールをグラスに注ぎ、一気に飲み干した。

「あのとき俺たちは成田と羽田に張りこんだ。台湾からの便は両方に着陸する」

グラスに残った白い泡を見つめた。

「だが実際は、原版をもった運び屋は、名古屋小牧空港いきの便に乗っていた。ところがその機が着陸に失敗して炎上し、『M―0』の原版は焼失した。それを証明するように、その後『M―0』がでまわることはなく、ヨークは原版の動きをつきとめた功績で、本国に戻り財務省への出向を命じられた。財務省でさらにキャリアを積んだヨークは、CIAに復帰すると極東の副部長に昇進した、というのが、あんたたちの知っている事実だ」

「俺たちの知らない話をしろや」

川江は煙草をとりだした。

私は友利の名刺をカウンターにおいた。

「台湾からの機が墜落する数日前、友利がここにきて俺に仕事を依頼した。その機に乗って小牧にやってくる趙という台湾人の運び屋と接触し、荷物をうけとって東京まで運んでほしい、という内容だった。俺はそれをうけ、名古屋に向かった。同じ頃、ＣＩＡの〝スポット〟で、ウェットワークを専門にする、バーニーという殺し屋が、ここで盗み撮りした俺の写真と趙の写真を渡され、小牧空港で俺たち二人を拉致《らち》して殺せという指示をうけた。バーニーには、趙の荷物を奪うという目的もあった。バーニーに指示を下したのは、ヨークだ」

「ヨークは原版を狙っていたのですか」

お坊っちゃんが訊ねた。私は首をふった。

「そうじゃない。原版など最初からなかった。ＣＩＡにとって、日本大使館駐在は、出世コースとはいえない。何か功績をあげなきゃならんと考えたヨークはある作戦を思いついた。量産はできないが精巧な仕上がりのニセ百ドル札を数枚、台湾と香港でまき、存在に気づいた関係者が注目するのを待った。そのニセ札には『Ｍ―０』というコードネームがついた。そして『Ｍ―０』の製造国特定に皆が血眼《ちまなこ》になる中、原版が日本に運びこまれる、という大きな情報をもたらし、評価を高めたんだ。ただし運び屋がつかまれば、原版が存在しないことが明らかになってしまう。そこで運び屋を東京ではなく名古屋に向かわせ、うけとり人として友利を通して俺を雇った。バーニーが俺と趙を消し、荷物をもちされれば、ヨークのもたらした情報が偽りだったと証明する手段はない」

「殺しの動機は？」

川江が訊ねた。

「台湾マフィアどうしの抗争だとでもいえばすむ。もちさられた原版が陽の目を見なくとも、困る人間はいない。ヨークにとっちゃ、あるいはちょっとした点数稼ぎのつもりだったのかもしれん。ところが嘘を本当にしちまう事故が起きた。航空機の墜落だ。趙は死に、運んできた荷は焼失した。『M―0』がその後でまわらなくとも、不審に思う者はいない。墜落事故が、そこになかったものを、あったことにかえてしまった。俺もバーニーも、仕事を途中でキャンセルされた。当然だ。あえて警察の注目を集める必要がなくなったからだ。ヨークは功績を買われ、アメリカに戻された。CIAに復帰し、極東作戦部に配属されて、奴がまずしたのが、バーニーを切ることだった。バーニーは〝スポット〟で、事故機に何が積まれていなかったかを知らない。だが現場においておけば、何かの弾《はず》みで小牧での未遂に終わった仕事について口をすべらすかもしれない」

「バーニーというのは、大久保で殺された白人の通称だな」

川江がいった。私は首をふった。

「大久保であった事件は知らん。だが奴は、ここにきて、昔俺を殺しそこねたことがある。だから一杯奢れといった。そのときに、趙と俺を消す計画があったことを話した」

「奴の所持していた銃は、友利を撃ったものと同一だった」

川江はいって、お坊っちゃんを見た。

「ヨークに関する部分は推測でしかありません。バーニーという殺し屋を雇ったのがヨークであったとしても、その証言を得るのは不可能です」

「ヨークについて洗え。『M—0』のモデルとなるニセ札を作れる職人はそう多くない。奴はそれを日本で作らせた筈だ。つきとめられれば、奴の首根っこをおさえたも同然だ」

川江とお坊っちゃんは顔を見合わせた。

私には職人の心当たりがあった。だがそこまで教えてやるほどの情報料はもらっていない。

「どう思います？」

お坊っちゃんの問いに川江が答えた。

「あの事故のとき、我々は駆りだされました。残骸の仕分け作業は大変でした」

「原版を捜せと命じられていたのだろう。だがあるわけがない」

私はいった。

「元が鉛《なまり》だからな、溶けちまっていてあたり前だと俺たちは思ってた」

「いいでしょう」

お坊っちゃんがいった。

「あなたのアドバイスにしたがって、『M—0』のプロトタイプを製作した職人を捜してみます」

「あるいはそいつこそバーニーに消されていても不思議がないがな」

川江の言葉に首をふった。

「ああいう連中は用心深い。消されるような下手は打たない」

お坊っちゃんが立ちあがった。

「いきましょう。バーニーが仕事に失敗したという情報がそろそろヨークのもとにも届く頃です。我々はヨークの先手を打たなければなりません」

「奴はまたお前を消そうとするかもしれん」

川江が楽しみにしているような口調でいった。

「バーニーの失敗が教訓になればようすを見る筈だ。それに友利とバーニーが死んだ今、過去を直接ヨークにつなげられる者はいなくなった」

私は答えた。川江は私をじっと見つめた。何かをいいたそうにしていたが、結局、言葉にすることなくバーをでていった。

ジントニックは手つかずで、ビールは空になっていた。公安に長くいるわりには正直な男だ。

沢井が封筒を開いた。

「何ですか、こりゃ」

一万円札が三枚入っているだけだった。

「一日たった一万にしかならないですよ、これじゃあ」

口を尖らせた。

「殺される方がマシだったたか」

沢井は首をふり、私に指をつきつけた。

「そのセリフ、聞き飽きましたよ。さっきの二人の飲み代は払って下さいよ」

私は息を吐いた。バーテンよりタフな職業は、この世にない。

ジョーカーの節介

1

三十七度を超す猛暑がつづいていた。日が沈んでも気温はまるで下がる気配がない。建物や道路がすっかり熱をためこんでいて、それが冷める前に夜が明けてしまうからだ。最高気温は連日更新され、屋内にいても熱中症で倒れる年寄りがあとをたたない。

こんな日に外を出歩くのは、それじたいが命がけの行為だと、テレビでは警告が流れていた。エアコンをきかせた屋内で閉じこもっている他に東京では生きのびるすべがないというのだ。

なのに私がバーにでかけていくと、扉が開いていた。時刻は午後十時を回っていたが、三十五度近くはあったろう。

カウンターの中の沢井は、首にタオルを巻きつけたTシャツ姿だった。扉が開いていた理由は、店に一歩足を踏み入れてわかった。

「エアコンがね、ついに壊れちまったんですよ」

顎の先から汗が滴《したた》っている。

「修理を頼んだんですけど、今はそんなのばっかりで、二、三日は無理だっていわれちまいました。新しいのを買ってもそれくらいかかるって」

「だから暑くなる前に新しいのを買えといったろう。倹約も過ぎると命にかかわるぜ」

私はいった。そのまま回れ右をする。この穴倉のような店でエアコンディショナーが壊れていたら、それはバーではなくてサウナに過ぎない。

「どこいくんです」

「依頼人がきたら携帯に連絡をくれ。そいつが熱中症で倒れる前に」

「そんなことといわないで一杯だけ飲んでって下さい。そっちがくると思うから、店閉めないでがんばっていたんです」

沢井は情けない声をだした。

「俺以外に誰かきたのか」

「きたにはきましたがね、全員、一歩入るなりUターンです」

「当然だな」

それでも私はストゥールに尻をのせた。上着は脱いでいたが、動くのをやめたとたん、待ちかまえていたように汗が吹きでた。

「冷蔵庫は壊れていないのだろうな。これでお湯割りしかできないといわれたら、SMクラブに商売替えしたかと疑うぞ」

「飲みものは大丈夫です。水割りですか」

「ビールだ」

「一杯もらいます、俺も。くるまで我慢してたんすよ」

私たちは冷えたグラスに注いだビールで乾杯した。

「あの――」

声がしたのは、二人が一気にグラスを干した直後だった。

「いいですか」

ふりかえると若い男が立っていた。見覚えのあるやさ顔だった。二十五、六だろう。Tシャツにフェイクレザーのジャケットを着け、長髪を額の上に押しあげたサングラスでおさえている。

「あっ、あっ」

沢井が男を指さし、目を白黒させた。それで私は気づいた。覚えがあるのは、雑誌の表紙やポスター、テレビのコマーシャルなどでさんざんその顔を見ているからだ。

「い、いっきさん――」

桑村一機《くわむらいっき》というのが、その俳優だか歌手の名だった。「一機人気」といわれ、幅広い女たちに絶大な人気を得ているという評判だ。

長身で顔が小さく、均整のとれた体つきをしていた。彫りは深いが、「しつこくない」顔が人気の理由らしい。

桑村一機は正体を悟られたことなど気にもとめないようすで、カウンターにすわった。

「あの、俺も、冷たいビール下さい」

付き人もお供もいるようすはなかった。本当にふらりとひとりで入ってきたようだ。

「いらっしゃいません」

あわてた沢井は、いらっしゃいませとすみませんをいっしょに口にして、それに気づかなかった。

「エアコンが故障しちゃってるんですよ。いいですか」

「大丈夫です」

涼しげにいったが、その額には汗の粒が浮かんでいる。沢井が注いだビールをうまそうに飲んだ。総差し歯としか思えない、純白の歯並を光らせて微笑む。

「うまいです。いやあ、暑いとビールがうまいですね」

私にも笑いかけた。

「あの、一機さんですよね」

沢井が訊ねた。

「はい。桑村です。すいません、飛びこみで入っちゃって。ご迷惑じゃありませんでしたか」

「ご迷惑だなんて、そんな。これ、テレビの企画か何かですか。どこかで隠し撮りしていて、『日本一貧乏くさいバー』とか何とかいう……」

「貧乏くさいなんて、そんな」

一機はまた笑った。

「いいお店じゃないですか。男っぽくて。生意気に聞こえたらすいません。俺、こういう店の方が好きです。酒だけ飲むのなら、こういう店がいいです。ちょっと暑いけど」

私は吹きだした。沢井がにらんだ。

「何笑ってるんすか」

「いや。いい若者だなと思ってな」

「ありがとうございます。常連さんなんですか」

「まあね」

「二十年来のお客さんです」

どうやら依頼人ではないようだった。本当に飛びこみできたようだ。私はストゥールから尻を外した。

「一杯飲んだから、俺は帰る」

「え、そんな――」

沢井はいったが、思わぬスターの飛び入りに、暑さも忘れているようだ。

「あの、すいません。俺がきたんで帰られちゃうんじゃありませんか」

気をつかってか、一機がいった。

「いや――」

「ちがいます、ちがいます。最初から一杯の約束だったんですよ。ね」

沢井が上機嫌でいった。私は頷いた。

「どうもありがとうございました」

沢井がそう私に告げるのは何年ぶりだろう。暑いと不思議なことが起きるものだ。

そう首を傾げながら、私は塒《ねぐら》に帰った。

翌日、バーのエアコンは直っていた。それどころか最新型の機種にかわっている。しかも私が顔をだすと、カウンターにすでに客がいた。桑村一機だった。

「あ、こんばんは」

他に客はおらず、私に気づくと一機はていねいな挨拶をした。私は挨拶を返し、沢井に訊ねた。

「どうした。二、三日かかるのじゃなかったのか」

エアコンを目で示した。

「一機さんがスポンサーと話をつけてくれたんです。このエアコンのコマーシャルにでてて、それで今日の朝電話をしてくれたらしくて。夕方にはもう取付工事がきました」

嬉しそうに沢井がいった。その喜びようから察するに、料金もかなり安くしてもらったようだ。

「よかったな」

私はいって、一機を見た。一機は照れたように微笑んでうつむいた。

「そんな。たまたまスポンサーと打ち合わせがあったんで、訊いてみただけなんです」

「きのうは遅くまでいたのかな。あの暑い中を」

「一時間くらい、いました。マスターといろいろお話しして……。俺も、今さっききたところです」

「今日もビールですかね」

「いや、水割りをもらおう」

答えて私は一機のグラスを見た。どうやら酒ではなくジンジャーエールを飲んでいるようだ。

「おや、今日は飲まないのか」

「そうなんですよ。なんだか今日は、お酒はまだいいっておっしゃって」

沢井もいった。すると不意に一機が居ずまいを正した。ストゥールを降り、沢井に向かって気をつけをするといった。

「すいません。いつ、いいだそうか、ずっと迷っていたんです。マスター、いえ、沢井さん」

私と沢井はあっけにとられた。

「お嬢さんを僕に下さい！」

今度は私だけがあっけにとられた。当の沢井は他人《ひと》ごとのようなぼんやりとした顔をしている。

「お前、子供なんていたのか」

沢井は瞬きした。

「駄目ですか」

一機は真剣な表情で沢井を見つめている。

「あの、お嬢さんて、俺の娘のことですか」

「そうです。貴美子《きみこ》さんです」

「ああ……」

沢井はようやく思いだしたように頷いた。

「貴美子ね……。えっと、いくつになったんでしたっけ……」

「二十四です」

「そうか、早いなあ。あいつ、今、何しているんです」

「銀座の『アルカス』っていうお店で働いています。俺は、その前のお店にいるときに、客でいって、お嬢さんと知り合いました。もう半年になります。俺、真剣なんです。それにこういうことはきちんとやらないと嫌な主義なんです。ただ、きのうは、お父さんがどんな人だかわからなくていいだせなかったんです。黙っていてすいませんでした」

ひと息に喋って、深々と頭を下げた。沢井は私を見た。

「参りましたね」

「参りましたじゃないだろう。そんな大きな子供がいたなんて話、今まで聞いたことがなかったぞ」

「いやあ正直なことというと、忘れてたんです。女房と別れて二十年以上ですから」

「知ってます。プロボクサーをしてらしたそうですね」

一機がいうと、沢井はバツの悪そうな顔になった。

「貴美子は、俺が二十一のときの子なんですよ。その頃、嫁は俺のふたつ上で、駆けだしのボクサーだった俺を食わしてくれてたんです。そのうち俺が全日本でいいとこまでいって、周りがちやほやしてくれるようになって、女をこしらえたものだから、怒ってでていっちまって……」

「それがお前さんがいくつのときだ」

「二十四です。三つのときに別れたきりだし、嫁も頑固な女なんで、何の連絡もよこさなくて。俺はてっきり再婚しているものだと思ってました」

ボクサーとしての沢井は才能はあったが、致命的な欠陥があった。それはグラス・ジョー（ガラスの顎）だった。チャンピオンになれず、ボクサーもやめ、ある男の用心棒をするところまで落ちぶれたときに私と知り合った。

池袋で土砂降りの雨の中、殴り合いをした。沢井の致命的な欠陥を、私もそのとき知った。離婚して二年後くらいだろう。

「お父さんが彼女にずっと会ってないのは知ってます。でも俺、こういうことはきちんとしたいんです。お願いします。結婚の許可をして下さい」

直立不動のまま、一機はいった。

「いや、許可も何も、俺はそんな資格のある人間じゃないんで」

沢井は困ったようにいった。相手がスターでも、さすがに手放しで了解はできないようだ。

そのとき、バーの扉が開いた。

「やっぱりいた！」

でっぷり太った女とずんぐりして顔色の悪い男のカップルが立っていた。

「一機、捜したのよ！」

太っている割に甲高い声で女はいった。五十を超えたかどうかだろう。仕立てのいいパンツスーツを着けている。

「あっ、城島《じょうしま》さん、それに社長」

一機がいった。城島と呼ばれた女はつかつかと店内に入ってくると、沢井や私には目もくれず、いった。

「明日、朝四時に現場入りだっていうのに、こんなとこで何してんの、一機。きのうも遅かったんでしょうが」

「だから大事な話があるっていってたじゃないですか」

「今のあんたに、今度の大河以上に大事なことなんかないの。さっ、帰ろう」

「待って下さい。社長、この件は、前もちゃんと話したじゃないですか」

社長の方は、一機を無視して、沢井と私をじっと観察していた。あまりよくない目つきをしている。今は芸能プロダクションの社長かもしれないが、それ以前はもう少しガラのいい業界にいたようだ。

「沢井さんとおっしゃるのはどちらで？」

「私です」

沢井が答えると、深々と頷き、私に目を向けた。

「で、こちらは？」

「ただの客だ」

私はいった。

「沢井さんとちょっとお話がしたいのですがね。この子のことで」

社長は一機の肩に手をおき、いった。一機の体が硬くなった。

「この子が帰ったあとでけっこうです」

「待って下さい」

一機がいった。

「俺も残ります」

社長の手に力がこもった。

「いいからお前は帰れ。ここからは大人の話だ。お前はお前で、今やらなきゃいかんことに全力投球をするんだ。わかったな」

「ね、一機。帰ろう」

城島が一機の手をとった。一機は思い詰めたような表情で沢井を見た。

「あの、俺の気持はかわりませんから。何があっても、かわりませんから！」

城島が一機の手を強くひっぱった。ドアが閉まる直前、

「またきます！」

と叫ぶのが聞こえた。

2

「さて、と」

社長はつぶやいて、バーの中を見回した。小馬鹿にした目つきだった。身内の問題にはかかわりたくないので帰ろうかと考えていたが、その目つきが気に入らないので、嫌がらせに私は残ることにした。

「とりあえずスコッチをいただけますか。銘柄は……何でもいいでしょう」

さっきまで一機がすわっていたストゥールに尻をのせ、社長はいった。沢井はシーバスリーガルのボトルをとりあげた。

「飲みかたは何にします？」

「水割りでけっこう」

沢井がグラスをおくと、社長は懐ろから名刺入れをとりだした。一枚抜いて、カウンターにおく。

「申し遅れました。私、一機を預かっているプロダクションの笹部《ささべ》と申します」

沢井が手にとり、私に渡そうとした。私は首をふった。心細そうな顔になる。

「あの、沢井です。名刺はないんで。すみません」

「『アルカス』の夏美《なつみ》ちゃんのお父さまですな」

笹部は水割りをひと口すると、背広の胸ポケットから革製の葉巻ケースを抜きだした。

「そうらしいですね」

沢井はかしこまって答えた。

「最近、お嬢さんにはお会いになってないのですか」

「最近も何も、もう二十年以上、会っていません」

笹部は深々と頷いた。

「夏美ちゃん、本名、貴美子さんは、二月まで六本木の『ファビュラス』という、クラブというかキャバクラで働いていたのですがね。とてもきれいで人気のある子で、銀座に新規オープンした『アルカス』にスカウトで引き抜かれたんです。今、二十四ですか。十八の頃から水商売をずっとやってらっしゃる」

「そうなんですか。すぐ近くにいたんですね。もっとも俺は道ですれちがってもたぶんわからなかったでしょうけど……。あの、母親は何をしているのでしょう」

「お母さま。洋子さんですな。今は保険の外交員をしてらっしゃる。メイワ生命の外交員です」

「はあ」

「一機は、私からいうのも何ですが、ひどく昔気質《かたぎ》の奴でしてね。『ファビュラス』に、ドラマで共演した俳優に連れていかれ、お嬢さんの貴美子さんに一目惚れしたらしい。それで連絡をとりあうようになって、移った先の銀座にもちょくちょくでかける仲になった。もっとも、あいつの給料じゃ、月に何度も通えるわけじゃありません。第一、あんな若造が銀座で偉そうに飲んでいて、もしスポンサー筋にでも見つかったら、みっともないですからね」

「お互いに憎からず思っているなら、店に通わなくとも会えるだろう」

私はいった。笹部はちらりと私を見て、そっけなく頷いた。

「まあ、そういうことです。一機と貴美子さんは、若い者どうし意気投合して、よく会うようになった。それはまあ、ある話です。相手がホステスだろうがタレントだろうが、あれくらいの年頃の連中を預かっていれば、惚れたはれたなんて話は、それこそ毎日のように聞かされる。私も別にそんなことにいちいち目くじらたてようとは思いません」

「ただし、結婚は困る、か」

私はいった。笹部は気に入らないという目つきで私を見たが、否定はしなかった。

「ご存じかどうか、一機は今、役者として大事なところにいます。ああいう若い俳優は、まず人気が先行して、それから役がやってくる。そのときに波を逃さず、役をちゃんとこなせなければそれきりです。人気なんてものは一過性で、実績を積んでいかなけりゃ、遠からず落ちていく。奴は来年の大河ドラマに出演が決まっていて、それは人気ゆえのものです。だから今度は、役をきちんとこなさなきゃならん。結婚だ何だと、ちがうことにエネルギーを使っている場合じゃないと、そういうわけなんです」

「おっしゃることはわかります。でも俺にそれがどう関係するんですか」

パチンと音をたて、シガーカッターで葉巻の端を笹部は切り落とした。

「結婚の許可を与えないでいただきたい。一機が見かけによらず昔気質だというのは、申しあげましたし、お会いになってわかったと思います。わかっていただきたいのは、別にお嬢さんがホステスだからどうのといっているわけではない、ということです。今の時期に、奴に他のエネルギーを使わせたくないのです。桑村一機という役者にとって、非常に大切な時期なので」

葉巻をくわえ、デュポンのライターで火をつけた。沢井を上目づかいで見る。

当の沢井は、わかっているのかいないのか、妙にはっきりしない顔をしている。

「いかがでしょう」

濃い煙を吐きだすと、笹部は訊ねた。

「俺は……俺は、正直、何もいう資格はないと思います」

沢井が答えた。

「二十年以上も、娘をほったらかしにしてきたわけで、父親らしいことを何ひとつしてやりませんでした。そんな人間が今さらのこのことしゃしゃりでて、父親だからどうのこうのなんて、そんな資格はありませんよ」

「わかります。実によくわかる。ですが、一機はあなたの許可を求めにきた。それに対しては、何と返事をされるのですか」

「同じです。本人どうしの問題ですから。好きにしなさいとしか、いいようがない」

沢井は肩をすくめた。

「では、一機のため、という私の話についてはどう思われますか」

「それはわかります。ですが結婚を今日明日するのでなければかまわないでしょう。その大河ドラマの仕事が終わってからならいいんじゃないですか」

笹部は目を閉じた。何度も頷く。

「確かにおっしゃる通りです。しかし、一機にとって階段はつづきます。ひとつ、大河という階段をのぼったら、今度はまた別の階段をのぼらなきゃならん。まだそのときでも結婚は早いとしたら？」

「だったらいつなら早くないんです？」

笹部は葉巻を吹かした。

「それが前もってわかっていれば、こんな楽なことはありません。今は『一機人気』なんていわれていますが、結婚をしたとたんに、そんなものが粉みじんになってしまう、そういう可能性もあります」

「一機さんはそのことについてどう思っているんですか」

「奴はまだ子供です。世間をなめている。人気はどうにかなると思っているかもしれないし、駄目になったらなったで俳優以外の仕事をする、なんて甘いことをほざいていますよ」

笹部は葉巻をふった。

「もちろんそれは困るわけです。うちとしては、せっかく育ててここまできて、それに何より、桑村一機という才能を、そんなことで摘んでしまうわけにはいかない」

「そうなんですか。そうなんでしょうねえ」

沢井は気の抜けた返事をした。

笹部が身をのりだした。

「沢井さん、くれぐれも誤解していただきたくないのは、私は別に、若い二人を引き裂こうとしているのではない、ということなんです。ただ結婚はやめてほしい。つきあうのだったらかまわない。頭を冷やせ、といいたいのです」

「それを俺にいわれても……」

笹部は首をふった。

「一機は今、意地になっています。男がいったん結婚という言葉を口にだした以上、ひっこめるなんてできないとね。だから私が何をいっても耳を貸さない。プロダクションの稼ぎが減るからだろうとか、こちらの意図を悪くしかとらない。でも、沢井さんからいって下さればちがう。奴も耳を貸すと思うんです。どうですか、沢井さん」

沢井は口を尖らせ、宙をにらんだ。

「——重大な役回りですよね」

「もちろんです！」

笹部は力をこめた。

「もし、沢井さんが協力して下さるのならこの恩は忘れませんよ。私としてはできる限りのことをさせていただきます」

「え？」

沢井の目が動いた。

「できる限りのことって何です？」

笹部はバーの中を見回した。

「一機から聞きましたが、このお店は施設が老朽化されてお困りのこともあるようだ。幸い、うちは芸能とは別に、不動産関連の事業もやっておりましてね。お役に立てる面もあるかもしれません」

「よくわからないですけど……」

「新しい場所でお店をやられてはいかがです？　もっと広くて使いやすい、それでお客さんも通いやすい箱で。家賃についてはご相談できると思いますよ」

沢井は、はあとため息をついた。

「それはつまり、いろいろ便宜をはかってやるから一機さんに、娘と結婚しないよう説得しろ、ということですか」

「あるいは、貴美子さんと話していただいてもかまいません。何といっても、血のつながったお嬢さんなんですから」

　私は天井を見上げた。ふたつ返事で沢井がうけるのは見えていた。

　だが、しばらくして沢井が発したのは、予想もしていない言葉だった。

「――帰って下さい」

「は？」

「帰って下さい。金目当てで、俺が、娘と一機さんの結婚を邪魔するなんて、そんな風に思われただけでも腹が立つ」

「待って下さい。私はそんなことはいってない。ご相談にのれる、と申しあげただけで――」

「それが金目当てじゃないですか。確かにぼろいし、きたない店だが、ここは俺の城です。多くはないが常連さんもいる。そんなあこぎな話にのって、新しい店に移ったって、ろくなことにはなりませんよ。勘弁して下さい。俺は、娘の結婚に関して、とやかくいえる人間じゃない。賛成もしなけりゃ反対もしない。一機さんの説得なんて、そんなたいそうなことをする資格はないんですよ」

笹部は呆然と沢井を見つめた。

「こんな話は聞きたくなかったですよ。どうぞお帰り下さい。その水割りの代金はけっこうですから」

笹部は首をふった。

「沢井さん――」

「帰れといいました。今すぐ」

沢井の表情がかわった。久しぶりに見た。ボクサーの目だった。

笹部は私を見た。私は無言で首をふった。

「いいんですか、本当に」

笹部は念を押した。

「もしかすると後悔することになるかもしれませんよ」

「はばかりながら、俺の人生には後悔しかなくってね」

笹部は目を閉じ、大きな息を吐いた。

「わかりました。失礼しましょう。残念です」

葉巻をくわえ、立ちあがった。

「お考えをかえて下さるといいのだが」

「かわらないですね」

沢井はそっけなくいった。

笹部は何度も首をふり、店をでていった。

扉が閉まると、沢井は吐きだした。

「まったく。人のことを何だと思ってやがる。ねえ」

「すまなかった」

私はいった。

「え？」

「奴《やっこ》さんが交換条件をもちだしたとき、もろ手をあげてとびつくだろうと思った。お前さんを見直した」

「冗談じゃありませんよ。見え見えじゃないですか、あんな野郎のおためごかし。実際、人気のあるタレントが結婚で稼ぎが減るのが嫌だっていうだけですよ」

「たぶんな。だがよく、お前さんのことがわかったな。一機も、あの社長も」

「インターネットで調べたのじゃないですか。前にお客さんから聞いたことがあるんですけど、元プロスポーツ選手がやってる飲み屋や食いもの屋を紹介するサイトがあるらしいんです。その中に、俺も元ボクサーってことで、ここが紹介されているらしくて」

「そうか」

私は頷いた。沢井はリングネームをもたず、本名でやっていたのだ。

「俺は、別れた嫁とも娘とも、本当に二十年以上会ってません。向こうはもう俺のことなんか忘れてるだろうと思ってます。そうでも文句はいえないし。まあ『便りのないのはいい便り』って奴で、こっちも気にしてませんでしたしね。ただ結婚するなんて話でもあれば、お祝いは贈ってやろうと思ってました。あと、俺が死ねば、貯めた金は、娘のとこにいくようにはしてあります」

「立派なものだ」

「からかわないで下さい。俺だってそれくらいの責任は感じてますよ。別に水商売をやろうが何をしようが関係ないすけど、人並みには暮らしてほしいって思ってますからね」

いって、沢井は黙った。私は無言で頷き、水割りをすすった。

やがて沢井が口を開いた。

「頼みごとしていいすか」

「俺もそれを考えていた。その銀座のクラブにいって、娘さんのようすを探ってくるのだろう」

沢井は頷いた。少し不安そうにいう。

「そんなんでも、まさかいつも通りのギャラを払えなんていいませんよね」

私は苦笑した。

「お前さんを見そこなったおわびに、そいつはノーギャラでいい」

沢井の顔に笑みが浮かんだが、次に私の言葉を聞いてしぼんだ。

「ただし、そのクラブでの飲み代は、実費で払ってもらうぞ」

3

笹部や一機と鉢合わせする可能性も考慮し、私は変装してでかけていった。地味なスーツに眼鏡をかけ、髪型をかえる。

クラブ「アルカス」は、並木通りの銀座八丁目にあった。高級クラブがテナントとして多く入っていることで有名なビルの地下一階だ。

足を踏み入れると、ひと目で金をかけた内装だと気づかされた。成金趣味とまではいかないが、大理石を張った床や、通常の倍のスペースを開けて配置された皮張りのソファなど、相当の客単価をとらなければ引きあわない造りになっている。それでも午後十時の店内はほぼ満席で、嬌声《きょうせい》や笑い声が響いていた。

「おひとりですか」

と訊ねるボーイに私は頷き、身なりからさほどの客ではないと踏まれたのだろう、入口に近い席に案内された。

「申しわけございません。ただ今たいへん混み合っておりまして、よいお席があきしだいご案内させていただきます。あの、係の方のお名前をちょうだいできますでしょうか」

「えーと、六本木からきた子だ。何といったっけ……」

「夏美さん、ですか」

「そうそう」

「お待ち下さい」

ボーイが立ち去ると、改めて店内を見渡した。

地下一階のすべてのフロアを占めているのでかなりの広さはある。だが微妙に二分された構造になっていることに気づいた。ガラス張りのワインセラーとグランドピアノが、店のほぼ中央で仕切りとなっているのだ。

しかもその仕切りをはさんで客層が異なる。

入口に近い側には、ビジネスマン風の客が多いが、奥側は、やや剣呑《けんのん》な雰囲気の客が集まっている。ひと目でやくざだとわかるほどガラの悪い人間はひとりもいないが、目つきやくつろぎかたがカタギとはちがう。その中に私は知った顔を見つけた。

渋谷が縄張りの組の幹部だ。子供相手のクスリの商売でこのところ大きく稼いでいると評判だったが、銀座の高級クラブで見かけるとは思わなかった。とり巻きはおらず、ひとりでおとなしく飲んでいた。

「お待たせしました」

声にふりかえった。ひと目で沢井の娘だとわかった。鼻から顎にかけての線がそっくりなのだ。色白で、やや垂れ目の愛敬《あいきょう》のある顔をしている。肩をむきだしにしたドレス姿だった。

夏美は私を見つめ、首を傾げた。

「あのう……『ファビュラス』でお会いしたことありましたか」

「一度だけね。名前はいえないが、取引先の人に連れていってもらって、君がついた。その後銀座に移ったと聞いたんで、一度いきたいなと思っていたんだ。ばれるとへそを曲げられてしまうんで、その人の名前は勘弁してほしい」

私は答えた。夏美はにっこりと笑い、

「はい」

と頷き、名刺をさしだした。

「改めまして、夏美です。今日はお越しいただいてありがとうございます」

名刺を見た。「沢村夏美」と印刷されている。携帯電話の番号も入っていた。

私は仕事でたまに使う、偽の名刺を渡した。電話番号は秘書サービスセンターのものだ。

「佐藤さん」

名刺を見て、夏美はいった。

「そう」

「広告関係のお仕事をしてらっしゃるんですか」

「代理店じゃなくて、そこにあるようにデザイン関係だけどね」

「わたしもデザインの学校に二年、通ったんです」

「そうなの」

「ええ。でも就職がなかなか難しくて」

「今いくつ？」

「二十四です。結局、バイトでやっていたホステスにそのままなっちゃいました」

「じゃああとはしこたま稼ぐだけだ」

「稼ぐだなんてそんな。でもお仕事は楽しいですよ。なるべく長くやれたらいいなって思ってます」

「楽しいかい」

「ええ、とっても！　いろんな方とお会いできますし」

私はわざと店の奥に目をやった。

「恐そうな人もいるね」

夏美はくすっと笑った。

「見かけだけです。皆さん、ふつうのお仕事の方ばかりですよ。ワルぶってる方がもてるからだっておっしゃって」

「本当に？」

「ええ。このお店は、きちんとした方しかこられませんから」

夏美はいった。よほど客に興味がないか、かなりの演技派だ。

「そのきちんとした人たちには、かなり人気があるんだろうね」

「とんでもない。わたしなんてまだ駆けだしで、お姉さんにいわれるまま動いているだけです」

いって、控えていたボーイに目配せした。ボトルのリストが届けられる。

「あの、ボトルどうしましょう」

安くても五万円からだ。沢井の渋面を想像しながら、スコッチを一本入れることにした。

「ありがとうございます」

水割りを作る夏美に訊ねた。

「お酒は強いの？」

「好きですけど弱いです」

「そうなんだ。ご両親もそうなのかな」

「母は、けっこう強いですね。父は……小さい頃亡くなったので、よく知らないんです」

さらに沢井に同情した。亡き者にされている。

「そうか。じゃあお母さんは苦労されたね」

「どうでしょう。今はのびのびとやっているみたいですけど」

「早く嫁にいって楽にしてくれ、とかいわれないかい」

「好きにやんなさいっていわれます。あわてて結婚して損するより、若いうちはいろいろ経験しなさいと」

ホステスとしては模範解答だ。

「そうか。六本木と銀座ではどちらが働きやすい？」

「圧倒的に銀座ですね。わたし、小さいときにお父さんが亡くなったせいで、ちょっとファザコンの気味があるんです。六本木は、若いお客さまもいらして、苦手でしたから」

どうやら演技派にまちがいない。これで桑村一機と恋仲というのは、たいしたものだ。

それから少しして、別のホステスがつき、ボーイが夏美を呼びにやってきた。見ていると、夏美がつけられたのは、奥側の席だった。

渋谷の組の男の隣の席にすわる、五十代の大物ふうの客と親しげにやりとりをしている。その客には、控えめながらボディガードらしき男もついていた。

一時間ほど過して、私は会計を頼んだ。二十万近い金額だった。現金で払い、出口に向かうと、夏美が走ってきた。

「ごめんなさい、佐藤さん！　お姉さんの大事なお客さまのところについていたので」

「いいんだ。またくるよ」

「あの、お名刺のところに電話していいですか」

息を弾ませ、上目づかいで私を見て訊ねた。

「かまわないが、でていることが多いんだ」

「じゃあ、携帯の番号を教えて下さい」

「今度な」

「今度っていつですか」

「いつかな」

私の腕をつかんだ。

「なるべく早く。佐藤さんて、お父さんに雰囲気が似てるんです。もっと話したい」

私の肘を胸のふくらみに押しつけている。

「近いうち、こよう」

私はいって、階段に足を踏みだした。

4

翌日、渋谷の組の男に連絡をとった。

「珍しいじゃないですか。そっちから連絡をしてくるなんて。なんかおっかない話じゃないでしょうね」

私からの電話だと知ると、渋谷の組の男は用心深い声でいった。

「たいした件じゃない。あんたには迷惑はかけない。きのう、銀座であんたを見かけてね。あいかわらず景気がよさそうだな」

「勘弁して下さいよ。このところ夏休みなんで、サツのガキ狩りが厳しくて、さっぱりなんですから」

「そうかい。『アルカス』ってクラブにいたろう」

「ありゃ義理かけですよ。こっちは高い金とられて楽しくもない店に、いやいやいってるんですから」

「なぜ義理かけなんだ」

「うちの本家直系がやってるところなんです。いちおう、フロントが経営母体ってことになってるんですが、あそこと七丁目の割烹《かっぽう》料理屋は、大飛会の店なんで、月に一度は金を落としにいかなけりゃならないんですよ」

「安くしちゃくれないのか」

「冗談きついですよ。俺ら、カタギの客の倍は払ってますよ。あそこでゼニを洗うのが本家の方針なんです」

男はため息をついた。

「そういや、きのう、あんたの隣に大物ふうのがすわってたな」

「あれがフロントの社長ですよ。大飛会の会長とは盃を交してる仲らしくて。店にレコがいるんで、よくきてるんです」

「レコってのはふつうママじゃないのか」

「ママもそうですけどね。もうひとり若いのを六本木からひっぱってきたんですよ」

「きのうついてた子か」

「そりゃついてるでしょう。垂れ目で爺い殺しの名人で、あの店でも売り上げナンバーワンかツウらしいです」

今度は私がため息をついた。

「フロントの社長の名前、何ていうんだ」

「俺からでたの、なしですよ。兼国《かねくに》っていいます」

礼をいって電話を切った。妙ななりゆきになってきた。


その夜、バーにいくと、カウンターに見たことのない客が二人すわっていた。スーツ姿でサラリーマンに見えなくもないが、妙に体格がいい。二人してビールをちびちびと飲んでいる。

二人は私に沢井と挨拶を交す暇も与えず、からんできた。

「おっさん、暑苦しいんだよ。もうちっと離れてくれよ」

若い頃、柔道でもやっていたような体つきのでぶがいった。もうひとりは背が高く、どんよりとした目つきをしている。

「この狭い店で離れるのは難しいな」

「だったらよそいけや」

「お客さん、勘弁して下さい」

沢井がいった。

「なんだよ、常連か、こいつ。お前、常連大事にして、俺ら差別すんのかよ」

でぶはいった。

「そうじゃありませんよ。静かに飲んでもらいたいだけです」

「静かに飲んでるじゃねえかよ。このおっさんが喧嘩売ってきたんだよ、なあ」

でぶはのっぽにいった。のっぽは焦点の定まらない目で私を見た。

「俺らここがすげえ気に入ってるんすよ。これから毎日通おうかと思って」

私は沢井を見た。

「いつからだ」

「きのうです。でもきのうは他にお客さんいなかったんで、静かに飲んで下さったんですがね」

客がくればからんで追いだす。典型的なやりくちだ。私は沢井に訊ねた。

「どうする?」

「おい!」

でぶが怒鳴った。

「おっさん、俺らとの話はどうしたんだよ」

「お客さん」

沢井がカウンターをくぐった。

「悪いけど引きあげてくれませんかね」

「何？」

「うちは、あんまりふりのお客さん入れてないんですよ。きのうは、他の人がいなかったんでよかったんですが」

「何だ、この野郎、喧嘩売んのか」

「やめた方がいいぞ。ここのマスターは、こう見えても、元プロボクサーだ」

私はいった。一瞬、二人組がひるんだ。

「だからどうしたっていうんだよ。やってやろうじゃねえか」

でぶが沢井の襟をつかんだ。沢井はされるがままひき寄せられた。

「トラブルは困るんです」

「何がトラブルだ。お前が起こしてるんだろうが」

でぶはいきなり沢井の顔に頭突きを浴びせた。それほど激しい勢いではなかったが、鈍い音がして、沢井の鼻から血が噴きだした。

「気がすみましたか？　すんだら帰って下さい」

おしぼりを鼻にあて、沢井はいった。

「すまねえよ、この野郎！」

でぶは沢井の足を払おうとした。さすがに沢井はよけ、ジャブをでぶの腹に打ちこんだ。短いが、元プロのパンチだ。でぶがうっと息を詰まらせた。

立ちあがろうとするのっぽの肩を、私はうしろから押えた。

「やめとけ。お前が懐ろに呑んでるのはわかってる。だがそいつをだすと、お前らのどっちかが死ぬぞ」

耳もとで囁いた。のっぽの体に力が入った。私は肩から手をすべらせ、背広ごしに懐ろの得物に触れた。ナイフのようだ。

「何なんだ、お前……」

「いったって、お前にはわからんだろうが、一応教えてやる。ジョーカーと呼ばれている」

男の体がこわばった。でぶを見やる。でぶはようやく息ができるようになったところだった。顔がまっ赤だ。

「手前《てめえ》……」

「まだやるんですか。やるんだったら、表にでますか」

沢井が訊ねた。おしぼりを右手に巻きつけている。

「おい、こっちの旦那、ジョーカーだってよ」

のっぽが震える声でいった。でぶが目をみひらいた。

「ジョーカーってお前、有名な……」

「そう。あんたらは、ジョーカーさんに喧嘩を売ってるんだ」

沢井が淡々といった。不意にでぶが土下座した。

「すんません、勘弁して下さい！　俺ら何も知らなかったんです」

のっぽがそれにならった。

「すんません。殺さないで下さい」

「どこかの盃もらってるのか」

私は訊ねた。

「もらってないです。まだ駆けだしで」

「笹部か」

二人は黙った。黙りこんだのが答だった。

「身分証だせ」

私はいった。

「免許証か何かもっているんだろう」

二人は顔を見合わせた。

「とりあえず、鍵、かけときますから」

沢井がいって扉に向かうと、二人は大急ぎで財布をとりだした。運転免許証と社員証をとりあげた。社員証は、聞いたことのない警備会社のものだ。

「預かっとく。今度このあたりで見かけたら、会社か自宅か、どちらかに遊びにいかせてもらう」

私はいった。素人に毛が生えたような連中だ。

沢井が無言で扉を開け、顎をしゃくった。二人は蹴とばされたように、店を走りでていった。

5

「意外に有名なんすね」

「自慢にならんさ」

私は答えた。沢井は腹立たしげにいった。

「それにしてもあの笹部っての、きたない真似しやがる。こうなったら一機さんをたきつけてでも結婚させてやろうかな」

「それがちょっと妙な具合なんだ」

私はいった。あまり沢井に聞かせたくはなかったが、こうなると話さないわけにはいかない。

「アルカス」での夏美の印象と渋谷の組の男から得た情報を告げた。カウンターに夏美からうけとった名刺をおく。

聞いている間、沢井は表情をかえなかった。が、話が終わる頃、私に新しい水割りを作り、同じウイスキーのボトルからショットグラスに注いだストレートをあおった。

「あいつがねえ、そんないいタマになってるんですか……」

「親としてはむしろ安心かもしれんな。立派に生きているという証明だ」

「確かにそうすね……」

夏美の名刺をとりあげた。

「沢村か。嫁の旧姓が村山ってんすよ」

「沢井と村山を足したわけだ」

父親が死んだといったり、ファザコンで私が似ているといったことは、さすがに話さなかった。

「問題は一機さんですね。一機さんが娘に遊ばれてんのか、そのオーナーの兼国ってのが娘にいいように鼻毛を抜かれているのか」

「一機から金はひっぱれないだろうから、そっちはあるていど本気と見ていいだろう。だが兼国が娘さんの火遊びを知ったら面倒なことになるかもしれん」

伸び盛りの俳優が自分の女とできていることをやくざ者が知れば、いくらでも使いみちがある。プロダクションから金を威しとるだけでなく、詐欺まがいの商売の宣伝にひっぱりだすこともできるだろう。一機と笹部はとことん大飛会に吸われ、利用される。

笹部が事情を知っているなら何としても別れさせたいと考えて不思議はない。

「だけどどうして笹部はそのことを一機さんに話さないんでしょうね」

「一機が本気なら、きっと娘さんを責める。責めたことで、兼国がでてくるのを恐がっているのかもしれない。最悪の可能性として、娘さんが最初から兼国とぐるで一機をたらしこんだというのもある」

沢井は目を閉じた。

「そいつはちっとキツイっすね。美人局《つつもたせ》の片棒を担いでるってのは」

「どう転がっても、結婚という方向にいくのは難しいだろうな」

バーの電話が鳴った。沢井がとり、

「はいはい。ああ、一機さん」

と私にもわかるように答えた。が、すぐに、

「えっ、何ですって」

と声を上ずらせた。

「いや、それはちょっと……。迷惑ってわけじゃないんですが、俺も心の準備が――。はい、わかりました。そういうことなら、待ってます」

受話器をおろし、泣きそうな顔になって私を見た。

「どうした」

「娘を連れてくるって」

私は沢井を見つめた。

「俺と会ったこと、話したらしいんです。それで、いっしょに会いにきたいって」

「娘さんは何といってるんだ」

「わかりません。店が終わったら迎えにいき、その足でここに連れてくるって一機さんはいっていて」

私は息を吐いた。

「どうやらよけい厄介な展開になってきたな。一機抜きで、娘さんと話しあった方が

いいようだ」

時計を見た。午後九時を回った時刻だ。

「仕度をしろ」

「えっ」

「これから『アルカス』にいって、本人に確かめる」

「マ、マジですか!?」

沢井は悲鳴のような声でいった。

「ああ。一機とは遊びなのか、本気なのか。兼国とのことはどうなのか。そいつを一機抜きで訊くしかないだろう」

「だから、お、俺も心の準備って奴が……」

「銀座にいくまでにするんだな」


「あらっ、佐藤さん！　こんなに早くきて下さるなんて」

夏美は満面の笑顔でいって、私の隣にすわる沢井を見た。

「こちらは、初めて、ですよね」

沢井は目をみひらき、夏美を見つめている。今日も奥の席には兼国がいて、私たちが「アルカス」に足を踏みいれたときには、夏美が隣についていた。今はかわりに、ママと覚しい和服の三十代の女がすわっている。

「そう。沢井さんだ」

「沢井さん。初めまして」

夏美は表情をかえず、沢井に微笑みかけた。

「は、初めましてじゃないよ。二十一年ぶりだけど」

沢井がいった。

「え？」

訊き返し、即座に夏美の顔色がかわった。

「嘘！」

小さく叫んだ。

ボーイが新たなホステスをひとり私たちの席につけようとした。私は首をふった。

「悪いがしばらく、夏美さんと我々だけにしておいてくれ」

「なんで、なんで、いきなりくるの!?」

夏美はいって、信じられないように、私と沢井を見比べた。

「隠していて悪かった。私とお父さんは、古い友だちなんだ」

私はいった。

「そんな……ひとこともいわなかったじゃないですか」

わずかに涙ぐんでいる。

「どうしても急いで君に確かめなけりゃならないことがあった。ここで無理だというなら、店が終わってからでもいい。ただし桑村一機が迎えにくる前にしてほしい」

夏美の目が広がった。

「そうか……。一機クンが……」

「問題は桑村一機と君のことじゃない。聞いてくれ」

私はいって、沢井を見つめている夏美の視線をとらえた。

「じゃあ、何なんです？」

気をとりなおしてか、夏美は訊き返した。

「大飛会の兼国さんと君のことだ。兼国さんは、君と一機のことについてどう考えている？」

夏美の顔がこわばった。無言で私をにらみつける。

沢井が口を開いた。

「貴美子。お前が何をしていても、お父さんは何もいう資格はない。ただ、一機さんはとてもいい青年だ。あの人を傷つけるのは、人間として、よくないことだと思う。それをお前がわかっているかどうかだけを訊きたかったんだ」

夏美は答えなかった。

私はなにげなく店内を見回した。夏美の変化に気づいている店側の人間が何人かいた。

兼国の隣にすわる和服の女もそのひとりだ。こちらを注視している。

「――別に誰も傷つけない」

やがて夏美がいった。低い声だった。

「だからわたしのことはほっておいて」

「一機さんとのことはどうするんだ」

「だからほっておいてっていったでしょう」

低いが激しい口調で夏美はいった。そして不意に立ちあがり、店の奥の更衣室へと駆けこんだ。

ママらしい女がそれを見て立ちあがった。あとを追って更衣室へと消えた。

私はいった。

「あとは俺に任せて、店に戻っていろ」

「え？」

「いいからここをでろ」

「そんな……」

「第三者どうしの話し合いってことになるかもしれん。お前さんがいない方がいい」

ママがでてきて、兼国に耳打ちをした。

「いけ！」

沢井が不承不承立ちあがった。

「あとで店の方にきて下さいよ。必ずですよ」

いいおいて、「アルカス」をでていった。

私は作られた水割りを飲み、待った。やがて目を赤くした夏美が兼国の席についた。私にはちがうホステスがつけられる。

二十分ほどすると、夏美が私のもとにやってきた。

「あの人は――？」

「帰った」

「えっ」

「店の仕事がある。君とはまたあとで会う。そうだろう？」

夏美は無言で私を見つめた。やがていった。

「あの、兼国社長が佐藤さんと話したいそうです。いいですか」

感情を殺した表情だった。

「かまわないが、兼国さんはどこまで知っているんだ？　それを聞いておこう」

「わたしと一機がつきあってることは知っています。でも結婚の話がでているのは知りません」

硬い声音で答えた。

「で、君の本心は？」

「本心？」

「だから結婚したいと思っているのか」

夏美の口もとに薄い笑いが浮かんだ。

「そんなの考えてない。一機はいい子だけど、先のことなんてわからないし。結婚したら兼国社長とは終わりでしょう。それももったいない」

「もったいない。それが本心か」

夏美は私をにらんだ。

「それが何？　兼国社長はわたしを大切にしてくれる。一機にできないようなやりかたで。わたしのこと何もしてくれなかったあいつやその友だちなんかにいわれたくない」

「まったくその通りだ。君には君の生き方があって、それをとやかくいう気は、私にはまるでない」

「じゃあなんでこんなことしたの？　わたしに黙って近づいて」

「桑村一機のプロダクションの社長が心配している。君とのことで、一機に何かあるのじゃないかと。その結果、沢井は店に嫌がらせをされた。奴は、ずっと同じことをいっている。自分には何もいう資格はない。本人たちの好きにさせたい、と。私も賛成だ。ただ、兼国さんが何かを考えているかもしれない」

「笹部さんに頼まれたってこと？」

「まさか。彼は、お父さんのことを気にくわんと思っている。たぶん私のことも。私と笹部のあいだには何も関係がない。ただ、君に結婚する気がないのなら、少なくとも一機にはそうはっきりいうべきだろうな」

仮面が崩れた。

「わかんないの、自分でも。どうしたらいいか……」

「それについて答を教えてあげることはできない。君の問題だ」

ボーイがかたわらに立ち、

「夏美さん……」

と呼んで、奥を目で示した。兼国がまっすぐこちらを見つめている。

「考えておくといい。兼国さんと話してこよう」

私は腰を浮かせた。

「佐藤さん！」

「何だ」

「兼国さんがどんな人だか知ってるんですか？」

「知っている」

私は答えた。

6

兼国は仕立てのいいスーツを着て、大きな目をみひらいて人を見る男だった。陽に焼けており、中背だが横幅はある。太い、よく通る声をしていた。かたわらには今夜もボディガードがいる。

「兼国です」

「夏美さんには佐藤と名乗ったが、本名はちがう」

「では何とお呼びすればいいんで？」

「業界ではジョーカーという通り名があります」

「ジョーカー……。聞いたことがある。つまりこちら側の人間というわけだね」

私は仕切りのピアノを見やった。

「すわるとすれば、そのあたりかな」

「気のきいたことをいう。うちの店のことはご存じで」

「知り合いが泣いていました。義理かけにしても勘定が高い、と」

兼国はにやりと笑った。

「だったら話は早い」

「待って下さい。これは仕事なのかな」

「仕事？」

「彼女のことだ」

私は、元いた席にひとりですわっている夏美を目で示した。

「兼国さんと彼女とのあいだにあるのは、ごく個人的な関係だと思っていた。それをビジネスにするつもりですか」

「それはそっちしだいだ」

私は天井を見た。

「どうも誤解があるようだ」

「どんな？」

「私は桑村一機やそのプロダクションとは何の関係もない。彼女が一機とどうなろうが、私の知ったことではない」

兼国は身じろぎした。体をひき、私を見すえた。

「じゃあ、あんたはなんでここにいる？」

「彼女の父親の友人だ。人の恋路に興味はないが、二十年ぶりに対面する親子の介添えを頼まれた」

兼国は息を吐いた。

「なるほど」

「ただ個人的に興味のあることがある」

「何だ」

「大飛会は、桑村一機をビジネスにするのかしないのか」

「あんたは今、あの坊やとは関係がないといった。だったらどうでもいいことだろう」

「確かに。ただ、ちょっとあの子に借りがある」

「借り？」

私は頷いた。一日でバーにエアコンをつけてくれたことだ、とまではいわなかった。

「だからあの坊やが困る顔は正直見たくない」

「おい、気をつけてものいえよ。社長がいつ困らせたっていうんだ」

ボディガードが唸った。

「失礼。そんなつもりはなかった」

「夏美から聞いている限り、あの坊やはまっとうだ。別に、夏美と遊んでいるということでもないようだ。むしろ夏美が遊んでいる、といったところか。若いし二枚目だから、夏美もつまみ食いしたくなったのだろう。俺もそんなことに目くじらをたてる気はない。だが、あそこのプロダクションの社長、笹部といったか。あいつがよぶんなことをいろいろする。人伝《ひとづ》てに、うちの本社の方までがたがたいってきた。それで少し頭にきている。だから、笹部には痛い思いをしてもらおうかと考えている」

「どんなやり方で」

「それをあんたに教える必要はない」

私は頷いた。

「もっともだな。わかった。これで失礼していいかな」

兼国は笑った。笑うとなかなか男前だった。

「あんたおもしろい男だな。ただのお節介かと思ったが、そうでもないようだ」

「いや、ただのお節介だ。自分でもあきれている」

私はいって、立ちあがった。


六本木のバーに戻った。十二時少し前だった。扉を開けると、笹部と沢井が緊張した顔で向かいあっていた。

「おやおや」

私はいった。笹部が私をにらんだ。

「あんたら、カタギじゃなかったんだな。それなら最初からちがうやり方をした」

「よくいうぜ。妙なのを嫌がらせに送ってきたくせに」

沢井がいった。

「いくらだせばいい、いってくれ」

笹部は叫んだ。私はいった。

「金じゃない」

「じゃ、何なんだ」

「何もない。ほっておけ、そうすりゃすべて丸くおさまる」

「嘘をつけ。うちの一機をしゃぶりつくすつもりだろうが。あの娘のバックに大飛会がついてるのはわかっているんだ」

「それであんたがよけいな真似をしたんで、かえってこじれている」

「何？」

「はっきりいおう。おたくの一機は遊ばれているだけだ。兼国もそれを承知で、知らん顔をしていた。それが、あんたの動きでかわった。兼国は、一機にではなく、あんたに腹を立てている。ここに妙なのをよこしたやり方といい、あんたのすることはかえって事態をこじらせるばかりなんだ」

「嘘だ」

「嘘じゃない。じきここに、一機と彼女がくる。そうすればわかる」

「なあ、頼む。俺は別にいい。今さら指の一本とられたってかまやしない。だが一機のことはそっとしといてやってくれ。あいつは本当に、これから大きくなっていく人間なんだ」

不意に笹部は土下座した。

「頼む」

バーのドアが開いた。一機とジーンズに着替えた夏美が立っていた。

「社長！」

驚いたように一機がいった。

「何してるんです」

「お前には関係ない。お前こそ何してるんだ!?　今撮影中だろうが」

立ちあがって笹部はいった。

「彼女が早退したんで、二人で飲みにきたんです」

夏美は無言だった。

「飲みにきたって、なんでまたここに」

「社長には関係ありませんよ。こんばんは、沢井さん」

一機はにこっと笑いかけた。

「初めてここにきたときに、貴美子さんと二人でここにこられたらいいなって思ったんです」

沢井は頷き、夏美を見つめた。夏美は店内を見回し、いった。

「ちんけな店ね」

驚いたように一機がふりかえった。

「何てこというんだ。お父さんの店だぞ」

「こんな奴、別にお父さんじゃないよ。何にもしてくれなかったもん」

パシッと音がした。一機が夏美の頰を張ったのだった。

「何すんのよ！」

「あやまれ！　いくらなんでもいっていいことと、悪いことがあるぞ」

「一機さん、いいんですよ」

沢井がとりなした。

「いや、駄目です。俺はそういうの許せないんです」

「いい加減にしてよ！」

夏美が叫んだ。目が潤んでいた。

「あんた何さまのつもりなのよ。ちょっと売れてるからって、偉そうに。あんたみたいな子供とつきあうのって疲れるのよ」

「貴美子！」

「呼びすてにしないで。別にあんたの女房じゃないんだから」

「何いってんだ。俺はお前と――」

「やめて！　はっきりいってあげる。わたしはあんたと遊んだだけ。いい男だし、売れっ子だから、勲章になるかなって思ったのよ。だけどガキだし、どうにもなんない。もうたくさん！　結婚なんて冗談じゃないわ」

一機は目をみひらき、夏美を見つめていた。沢井が何かをいいかけ、私は目顔で止めた。

夏美の目から涙が溢れた。

「もう終わりにしましょ。帰って。電話もしてこないで。あんたみたいな甘ちゃんより、わたしはもっと大人の男とつきあいたいの。大人で、お金をもってる人と。お金じゃ苦労したから」

沢井がつらそうな顔になった。

「貴美子――」

「早くでてって。二度と顔も見たくない。バイバイ、さよなら！」

一機は呆然と夏美を見つめた。私は笹部の肩を押した。笹部も驚いた顔で夏美を見ていたが、いった。

「一機、いこう」

一機は首をふった。

「嫌だ」

「いくんだ、一機」

「嫌だっ、俺は別れたくない」

「一機さん」

沢井がいった。

「娘は駄目みたいです。申しわけないんですが、娘のいう通りにしてやってくれませんか」

一機は沢井を見た。

「お願いします。この通りです」

沢井はカウンターに手をついた。一機はしばらく立ちつくしていたが、無言でバーをでていった。笹部があわててあとを追った。

夏美がカウンターにつっ伏し、泣き声をたてた。

私は沢井を見やり、頷いた。

「迷ってたの。迷ってたの。でも、一機にはこのほうがいいって、思ったの……」

泣きながら夏美がいった。

「わかる、わかるよ、貴美子。偉かったな」

沢井がいうと、泣き声がいっそう大きくなった。

私は立ち去ることにした。ドアを押し開けて表にでると、わずかだが風を感じた。きのうまでとはちがう、秋の気配を思わせる風だった。

解説

吉野　仁（書評家）

大沢在昌『亡命者　ザ・ジョーカー』文庫新装版の登場だ。トラブル処理が専門の主人公ジョーカーの活躍を描いた『ザ・ジョーカー』につづくシリーズ第二弾。単行本の刊行は、二〇〇五年十月で、これは「小説現代」二〇〇三年二月号から二〇〇五年九月号にかけて断続的に掲載された六篇を収録したものである。

ジョーカーとは何者か。本名不明の男で、ときに偽名を使うことはあるが、自らをジョーカーとしか名乗らない。仕事は「殺し」以外、あらゆるトラブル処理を請け負う。ただし、着手金はきっちり百万円。唯一の連絡場所は、六本木裏通りのバーだ。その店で働くのは沢井というバーテンダーがひとりだけ。ジョーカーは、連絡事務所がわりにそのバーを使っており、仕事のあるときをのぞき、いつも店にいる。依頼を受けたジョーカーは、まず現場に向かい、関係者にあたるなどして情報を集め、果敢な行動をもって仕事をやり遂げるが、ときに危険な連中から殺されかけることもある。

「ジョーカー」という通り名は、トランプの七並べからきている。「つながらない数と数のあいだを埋めるのに使う。使ったあとは用がない。そこに捨ておかれるか、別の人間が使う」（『ザ・ジョーカー』収録「ジョーカーの当惑」より）。いわば、最強のワイルドカードなのだ。しばしば探偵は「中間の存在」だといわれる。事件の依頼者もしくは被害者と、事件の犯人との間を行き来し、真相をつきとめる役目を果たしていくのが探偵の仕事である。しかし、ジョーカーは探偵ではなく、あくまでトラブルシューターだ。正義のヒーローでも、推理により謎をときあかす者でもない。むしろ裏稼業の者たち、すなわち法の外でうごめく連中に近いようだ。

どんなカードの数字のあいだでも埋めることのできるジョーカーとは、何者にもなれる存在で、だからこそ本名は隠したままなのかもしれない。また大沢在昌の愛読者であれば、主要な舞台となる六本木は、作者自身のホームグラウンドであることもご存じだろう。このふたつを軸にして、さまざまなエンタテインメントの要素が埋め込まれているシリーズなのだ。

もっともいま現在、ジョーカーといえば、バットマン・シリーズに登場する道化師のメイクをした敵役を思い浮かべる人も多いだろう。映画シリーズ、ティム・バートン監督「バットマン」ではジャック・ニコルソンがジョーカーを演じ、その後、ヒース・レジャー、ホアキン・フェニックスなど名優がつとめたことで知られる。正義のヒーローであるバットマンに対する最強の宿敵であり、究極の悪といえる存在だ。しかし、本作のジョーカーは、まったく関係ない。ティム・バートン版「バットマン」の公開は一九八九年。大沢在昌によるジョーカーが活字になったのは、それ以前のことで、自らのジョーカー像を創造したのである。

ちなみに、〈ジョーカー・シリーズ〉における最初の短編は、一九八七年に発表された「ジョーカーの選択」で、もともと日本冒険作家クラブ編の書き下ろしアンソロジー『敵！』（徳間文庫）のなかの一篇（のちに短編集『冬の保安官』に収録。現・角川文庫）。その後、一九九〇年に第二作「12月のジョーカー」が雑誌に発表された（短編集『死ぬより簡単』に収録。現・光文社文庫）。この二作でジョーカーが引き受けた仕事は、どちらも失踪人捜しである。だが、第一作品集となる『ザ・ジョーカー』は、盗まれた顧客管理名簿のフロッピー奪還を依頼される「ジョーカーの当惑」にはじまり、元芸能人だった女性が男と別れたいと持ちかけてくる「雨とジョーカー」、渋谷で少年少女たちの揉《も》めごとに巻きこまれる「ジョーカーの後悔」など、まさになんでも屋のトラブルシューターぶりを発揮していく。さらに「ジョーカーと革命」「ジョーカーとレスラー」など、作品ごと、あつかう事件もそこに登場する人物もさまざまで、変化に富み、多彩なものとなっている。切り札ジョーカーとしての特徴を最大限いかしているのだ。

とりわけ『ザ・ジョーカー』の最後に収録された「ジョーカーの伝説」には驚かされた。どのようにして男がジョーカーとなったのか、それが明かされているのだ。名前をはじめ、出身地や生い立ちといった細かいプロフィールは依然として不明だが、かつて傭兵だった男が、日本に戻り二代目のジョーカーを名乗るようになった、その経緯が述べられている。

さて、本作『亡命者　ザ・ジョーカー』は、その「ジョーカーの伝説」を引き継ぐかのように、ジョーカーが初めて仕事をした過去を回想する「ジョーカーの鉄則」から幕を開ける。一九八二年の二月、ジョーカーは、ジェファーソンという男から、別れた妻パメラを捜しだしてほしいと依頼された。またしても失踪人捜しで物語の幕は開く。だが、ただの人捜しでは終わらなかった。初仕事としては、かなりハードなもので、イギリス情報部やＣＩＡといった面々に加え、日本の広域暴力団・城南連合の連中がからみ、さらに中東情勢における「予言」が鍵を握っているという複雑な事件だったのだ。ジョーカー自身もひどく痛めつけられただけでなく、苦汁をなめることになった。

そういえば先に紹介したシリーズの第一作「ジョーカーの選択」は、国際謀略ものではないものの、六本木周辺の大使館員が関わる事件だった。そもそも六本木、赤坂、麻布あたりには、アメリカ大使館をはじめ、各国の大使館が集まっている。明治になり、大使館の場所として武家屋敷だった跡地が活用されたためだ。すなわち、各国情報員らが跳梁跋扈《ちょうりょうばっこ》し、国際謀略がらみの事件が六本木周辺で巻き起こるのは、なんら不思議ではないのである。

つづく「ジョーカーの感謝」もまた過去の事件を回想していく形式だ。沢井が六本木のバーを開いたのは一九八五年の暮れのことで、その翌年の六月、店にココと名乗る美女が訪れ、四谷にある小さな染物屋を地上げ屋から守ってほしいと依頼してきた。原宿に開店したレストランクラブのオープニングパーティーで、モダンジャズの巨匠と呼ばれるトランペッターが登場するという場面が描かれているが、いかにもバブル全盛の時代らしい情景やエピソードだ。意外な展開に加え、しんみりとさせられるラストが印象に残る短編である。

「ジョーカーと『戦士』」は、現代の話だが、これまた思わぬ過去とつながっている。依頼人として訪れたコンピュータソフト社長・羽川は、十五年前にジョーカーに助けられたという。じつは、小学生だった羽川が秋葉原で高校生グループからカツアゲされているところをジョーカーが救ったのだ。このたびの羽川の依頼は、会社を設立した仲間のひとりがやくざに連れ去られてしまい、助け出してほしいというものだった。「ジョーカーの感謝」は土地バブルが背景にあったが、今回はＩＴバブルの崩壊による事件だ。ゲームの世界と同じように仲間たちと社会を生きようとしても、醜い現実が浮かび上がってしまう姿が描かれている。これもまた苦さの残る物語だ。

「ジョーカーと亡命者」の依頼者は、またしてもコンピュータ会社の社長である。天安門事件のあとカナダへ亡命した中国人だ。ジョーカーは、その中国人社長から、ひそかにある女性を捜し出してほしいと依頼される。天安門事件のとき十九歳で〝美しき活動家〟と呼ばれた「元宵」はイギリス情報機関の手引きで亡命したらしい。それから十五年後のいま、なぜ彼女は日本にいるのか。歴史的な事件とそれに関わった者たちの過去と現在が複雑にもつれあっていく。けっして単なるメロドラマではなく、その裏に隠された真実とその結末はとても切ない。

「ジョーカーの命拾い」は、これまた国際的な犯罪が絡み、過去の事件とつながるという物語である。ジョーカーには、十年前に名古屋の空港で果たせなかった仕事があった。台湾からやってくる男と接触し、運んできた荷物を受けとるはずだったのが、旅客機の墜落により、男も荷物も無に返ったのだ。しかし、事件の裏には、さまざまな企みが隠されていた。ジョーカーはあやうく殺されようとしていたと知る。ここでは、話がすすむにつれ、物事の見え方がつぎつぎに反転する展開がみごとである。

掉尾《とうび》を飾る「ジョーカーの節介」は、なんと沢井の娘が登場し、意外な展開を見せる物語だ。バーに訪れた客は、絶大な人気をほこる芸能人の桑村一機だった。しかも、一機は沢井に向かって「お嬢さんを僕に下さい！」と言いだしたのだ。ジョーカーでさえ、沢井に年ごろの娘がいることを知らなかった。

もともとジョーカー自身のプライベートはほとんど謎のままだが、その分、沢井に関しては、第一作「ジョーカーの選択」の時点で詳しく語られていた。かつてウェルター級の東洋二位までいった元ボクサー。もともとグラスジョー（ガラスの顎《あご》）という致命的な欠陥をかかえていたが、八百長事件に巻き込まれて資格を失った。それから三年後、ジョーカーと沢井は、池袋でどしゃ降りの雨の中、殴り合いをした。そのときジョーカーのまぐれあたりが沢井の顎に入ったのだ。以来、ふたりはあちこちで出会い、すれちがった。やがて六本木のバーで沢井がバーテンダーを任されるようになり、そこがジョーカーの連絡場所として使われるようになった。

タイトルが「ジョーカーの節介」とあるように、今回は沢井とその娘が巻き込まれたトラブルに、ジョーカーが友人として首をつっこむ形となっている。売れっ子芸能人とホステスの熱愛、そして長らく不通だった父娘の関係が交差する物語は、思わぬ結末をむかえる。沢井の娘が気丈な態度をとったあとに見せる姿に、思わずもらい泣きする読者も多いだろう。また、ジョーカーはあくまで一匹狼で仕事をする男だが、今回、バディ（相棒）ものを思わせる場面も多く、シリーズファンとしてはうれしい一作だ。〈ジョーカー・シリーズ〉第二弾の最後を飾る名作といえよう。

さて、残念ながら現時点ではシリーズの続編は書かれていない。ジョーカーのみならず、沢井のその後も大いに気になってしまった。いずれまた彼らの活躍が描かれることを期待したい。

本書は二〇〇八年一〇月に小社より刊行した文庫の新装版です。

|著者| 大沢在昌　1956年、愛知県名古屋市出身。慶應義塾大学中退。'79年、小説推理新人賞を「感傷の街角」で受賞し、デビュー。'86年、「深夜曲馬団」で日本冒険小説協会大賞最優秀短編賞。'91年、『新宿鮫』で吉川英治文学新人賞と日本推理作家協会賞長編部門。'94年、『無間人形 新宿鮫Ⅳ』で直木賞。2001年、'02年に『心では重すぎる』『闇先案内人』で日本冒険小説協会大賞を連続受賞。'04年、『パンドラ・アイランド』で柴田錬三郎賞。'10年、日本ミステリー文学大賞を受賞。'14年には『海と月の迷路』で吉川英治文学賞を受賞した。

大沢在昌公式ホームページ「大極宮」
http://www.osawa-office.co.jp/

亡命者《ぼうめいしゃ》　ザ・ジョーカー　新装版《しんそうばん》
大沢在昌《おおさわありまさ》

講談社文庫
定価はカバーに
表示してあります

2021年10月15日第1刷発行

KODANSHA

発行者――鈴木章一
発行所――株式会社　講談社
東京都文京区音羽2-12-21　〒112-8001
電話　出版（03）5395-3510
　　　販売（03）5395-5817
　　　業務（03）5395-3615
Printed in Japan

デザイン―菊地信義
本文データ制作―講談社デジタル製作
印刷―――大日本印刷株式会社
製本―――大日本印刷株式会社

ISBN978-4-06-525752-4

講談社文庫刊行の辞

二十一世紀の到来を目睫に望みながら、われわれはいま、人類史上かつて例を見ない巨大な転換期をむかえようとしている。

世界も、日本も、激動の予兆に対する期待とおののきを内に蔵して、未知の時代に歩み入ろうとしている。このときにあたり、創業の人野間清治の「ナショナル・エデュケイター」への志を現代に甦らせようと意図して、われわれはここに古今の文芸作品はいうまでもなく、ひろく人文・社会・自然の諸科学から東西の名著を網羅する、新しい綜合文庫の発刊を決意した。

激動の転換期はまた断絶の時代である。われわれは戦後二十五年間の出版文化のありかたへの深い反省をこめて、この断絶の時代にあえて人間的な持続を求めようとする。いたずらに浮薄な商業主義のあだ花を追い求めることなく、長期にわたって良書に生命をあたえようとつとめるところにしか、今後の出版文化の真の繁栄はあり得ないと信じるからである。

同時にわれわれはこの綜合文庫の刊行を通じて、人文・社会・自然の諸科学が、結局人間の学にほかならないことを立証しようと願っている。かつて知識とは、「汝自身を知る」ことにつきていた。現代社会の瑣末な情報の氾濫のなかから、力強い知識の源泉を掘り起し、技術文明のただなかに、生きた人間の姿を復活させること。それこそわれわれの切なる希求である。

われわれは権威に盲従せず、俗流に媚びることなく、渾然一体となって日本の「草の根」をかたちづくる若く新しい世代の人々に、心をこめてこの新しい綜合文庫をおくり届けたい。それは知識の泉であるとともに感受性のふるさとであり、もっとも有機的に組織され、社会に開かれた万人のための大学をめざしている。大方の支援と協力を衷心より切望してやまない。

一九七一年七月

野間省一

講談社文芸文庫

磯﨑憲一郎

鳥獣戯画／我が人生最悪の時

解説＝乗代雄介　年譜＝著者

「私」とは誰か。「小説」とは何か。一見、脈絡のないいくつもの話が、〝語り口〟の力で現実を押し開いていく。文学の可動域を極限まで広げる21世紀の世界文学。

いAB1

978-4-06-524522-4

蓮實重彥

物語批判序説

解説＝磯﨑憲一郎

フローベール『紋切型辞典』を足がかりにプルースト、サルトル、バルトらの仕事とともに、十九世紀半ばに起き、今も我々を覆う言説の「変容」を追う不朽の名著。

はM5

978-4-06-514065-9

講談社文庫　目録

岡嶋二人　そして扉が閉ざされた〈新装版〉
太田蘭三　殺《さつ》・風《ぷう》景《けい》〈警視庁北多摩署特捜本部〉
大前研一　企業参謀　正・続
大前研一　やりたいことは全部やれ！
大前研一　考える技術
大沢在昌　野獣駆けろ
大沢在昌　相続人TOMOKO
大沢在昌　ウォームハート コールドボディ
大沢在昌　アルバイト探偵《アイ》
大沢在昌　調毒師を捜せ アルバイト探偵《アイ》
大沢在昌　女王陛下のアルバイト探偵《アイ》
大沢在昌　不思議の国のアルバイト探偵《アイ》
大沢在昌　拷問遊園地 アルバイト探偵《アイ》
大沢在昌　帰ってきたアルバイト探偵《アイ》
大沢在昌　雪蛍
大沢在昌　亡命者〈ザ・ジョーカー〉
大沢在昌　夢の島
大沢在昌　新装版 氷の森
大沢在昌　暗黒旅人

大沢在昌　新装版 走らなあかん、夜明けまで
大沢在昌　新装版 涙はふくな、凍るまで
大沢在昌　語りつづけろ、届くまで
大沢在昌　罪深き海辺 (上)(下)
大沢在昌　やぶへび
大沢在昌　海と月の迷路 (上)(下)
大沢在昌　鏡の顔〈傑作ハードボイルド小説集〉
大沢在昌　覆面作家
大沢在昌　ザ・ジョーカー 新装版
大沢在昌／藤田宜永／堂場瞬一／井上夢人／今野敏／月村了衛／東山彰良　激動 東京五輪1964
逢坂　剛　十字路に立つ女
逢坂　剛　重《じゅう》蔵《ぞう》始《し》末《まつ》
逢坂　剛　じぶくり伝兵衛〈重蔵始末(二)〉
逢坂　剛　猿曳遁兵衛〈重蔵始末(三)〉
逢坂　剛　嫁盗み〈重蔵始末(四)長崎篇〉
逢坂　剛　陰の声〈重蔵始末(五)長崎篇〉
逢坂　剛　北門の狼〈重蔵始末(六)蝦夷篇〉
逢坂　剛　逆浪《げきろう》果つるところ〈重蔵始末(七)蝦夷篇〉
逢坂　剛　奔流恐るるにたらず〈重蔵始末(八)完結篇〉

逢坂　剛　新装版 カディスの赤い星 (上)(下)
逢坂　剛　さらばスペインの日日 (上)(下)
オノ・ヨーコ／飯村隆彦編　ただの私《あたし》
オノ・ヨーコ／南風椎訳　グレープフルーツ・ジュース
折原　一　倒錯の死角〈201号室の女〉
折原　一　倒錯の帰結
折原　一　倒錯のロンド〈完成版〉
小川洋子　ブラフマンの埋葬
小川洋子　最果てアーケード
小川洋子　琥珀のまたたき
小川洋子　密やかな結晶〈新装版〉
乙川優三郎　霧の橋
乙川優三郎　喜知次
乙川優三郎　蔓の端々
乙川優三郎　夜の小紋
恩田　陸　三月は深き紅の淵を
恩田　陸　麦の海に沈む果実
恩田　陸　黒と茶の幻想 (上)(下)
恩田　陸　黄昏の百合の骨

講談社文庫　目録

講談社文庫　目録

大崎　梢　横濱エトランゼ
太田哲雄　アマゾンの料理人〈世界一の"美味しい"を探して僕が行き着いた場所〉
小竹正人　空に住む
岡本さとる　駕籠屋《かごや》春秋　新三《しんざ》と太十《たじゅう》
岡本さとる　質屋の娘〈駕籠屋春秋　新三と太十〉
岡本さとる　雨やどり〈駕籠屋春秋　新三と太十〉
岡崎大五　食べるぞ！世界の地元メシ
荻上直子　川っぺりムコリッタ
海音寺潮五郎　新装版　江戸城大奥列伝
海音寺潮五郎　新装版　孫子（上）（下）
海音寺潮五郎　新装版　赤穂義士
加賀乙彦　新装版　高山右近
加賀乙彦　ザビエルとその弟子
加賀乙彦　殉教者
柏葉幸子　ミラクル・ファミリー
勝目　梓　小説家
桂　米朝　米朝ばなし〈上方落語地図〉
笠井　潔　梟《ふくろう》の巨《おおい》なる黄昏《たそがれ》
笠井　潔　青銅の悲劇（上）（下）〈瀕死の王〉

川田弥一郎　白く長い廊下
神崎京介　女薫の旅　激情たぎる
神崎京介　女薫の旅　奔流あふれ
神崎京介　女薫の旅　陶酔めぐる
神崎京介　女薫の旅　衝動はぜて
神崎京介　女薫の旅　放心とろり
神崎京介　女薫の旅　感涙はてる
神崎京介　女薫の旅　耽溺《たんでき》まみれ
神崎京介　女薫の旅　誘惑おって
神崎京介　女薫の旅　秘に触れ
神崎京介　女薫の旅　禁の園へ
神崎京介　女薫の旅　欲の極み
神崎京介　女薫の旅　青い乱れ
神崎京介　女薫の旅　奥に裏に
神崎京介　I LOVE
加納朋子　ガラスの麒麟〈新装版〉
角田光代　まどろむ夜のUFO
角田光代　恋するように旅をして
角田光代　庭の桜、隣の犬

角田光代　人生ベストテン
角田光代　ロック母
角田光代　彼女のこんだて帖
角田光代　ひそやかな花園
川端裕人　せちやん〈星を聴く人〉
川端裕人　星と半月の海
片川優子　ジョナさん
片川優子　ただいまラボ
神山裕右　カタコンベ
神山裕右　炎の放浪者
加賀まりこ　純情ババァになりました。
門田隆将　甲子園への遺言〈伝説の打撃コーチ高畠導宏の生涯〉
門田隆将　甲子園の奇跡〈斎藤佑樹と早実百年物語〉
門田隆将　神宮の奇跡
鏑木　蓮　東京ダモイ
鏑木　蓮　屈折光
鏑木　蓮　時限
鏑木　蓮　真友
鏑木　蓮　甘い罠

2021年9月15日現在